아직도 너를 사랑해서

놓는다.

2021년 새봄에,

나태주 씁니다.

시가 사랑을 데리고 온다

시가 사랑을 데리고 온다

엮은이 나태주
펴낸이 임상진
펴낸곳 (주)넥서스

초판1쇄 발행 2021년 1월 29일
초판9쇄 발행 2023년 3월 20일

출판신고 1992년 4월 3일 제311-2002-2호
10880 경기도 파주시 지목로 5
Tel (02)330-5500 Fax (02)330-5555

ISBN 979-11-91209-80-8 03810

www.nexusbook.com
&(앤드)는 (주)넥서스의 문학 브랜드입니다.

시가 사랑을 데리고 온다

나태주 엮음

&

기도하고 싶은 당신을 위하여

돌아보면 한 생애 지난한 삶이었습니다. 이른바 춥고 배고프고 가난한 날들이었지요. 누구도 살갑게 대해주지 않았고 어려운 일을 당하는 날에도 위로해주거나 손 내밀어주는 사람은 없었습니다. 스스로 마음을 달래며 가야 하는 길이었습니다.

이런 사정이야 오늘의 젊은 세대들에게도 마찬가지일 거라 생각합니다. 그러할 때, 진정으로 목이 마르고 다리가 팍팍할 때, 나의 마음을 달래주고 어루만져 준 것이 시였습니다. 국내 시인들의 시도 좋았지만 외국 시인들의 시도 좋았습니다. 오히려 모르는 나라, 낯선 나라에 대한 동경과 그리움을 함께 안겨주어서 좋았습니다.

시가 마음의 버팀목이 되었고 부드러운 동행의 손길이 되어 나를 멀리까지 이끌어주었습니다. 바로 이 책에 실린 시편들이 그런 작품들입니다.

나의 낡은 노트 한 구석에 적혀, 수십 년 동안 나와 함께 숨을 쉬어온 작품들입니다. 읽으면 읽을수록 마음속에 무지개 같은 꿈을 주는 문장들입니다.

당신, 젊으신 당신.
당신, 지금 울고 싶은 사람인가요?
당신, 지금 무언지 모를 그리움에 목이 마른 사람인가요?
아니라면 혼자라는 생각에 마음이 외로운 사람인가요?
아, 지금 너무도 막막한 심정에 무릎 꿇고 기도드리고 싶은 사람인가요?

울고 싶은 당신에게 이 시들을 드리고 싶습니다. 목마른 당신, 외로운 당신에게 이 시들을 드리고 싶습니다. 기도하고 싶은 당신에게 이 시들을 드리고 싶습니다. 이 시들이 당신

에게 잃어버린 사랑을 데려다줄 것입니다. 당신 마음의 평
안과 기쁨을 더불어 약속해줄 것입니다. 당신을 대신하여
기도가 되어줄 것입니다. 시가 사람을 살리는 좋은 약이라
는 믿음을 나는 한순간도 놓아본 적이 없답니다.

2021년 새봄에
나태주 씁니다.

차례

2

살아남은 자의
슬픔

3

사랑하기 위해
상처받는 것이기에

4
서러워 마라
머지않아 때가 온다

5

희망에는
날개가 있다

이야기할 것이 참 많았습니다

너무나 오랫동안 나는 객지에 있었습니다

……

이상히도 슬픔이 씻기는 듯합니다

말할 수 없이 너그러운 당신이, 천 가닥의 실로

나를 둘러싸고 있기 때문입니다

1

삶이 그대를 속일지라도

내가 만약

내가 만약 한 사람의 가슴앓이를
멈추게 할 수만 있다면
나는 헛되게 세상 사는 것이 아니리.

내가 만약 누군가의 아픔을
쓰다듬어 줄 수만 있다면
혹은 고통 하나를 달래줄 수만 있다면

더하여, 나래 지친 울새 한 마리를 도와
제 둥지로 돌아가게 할 수만 있다면
나 결코 헛되게 세상 사는 것이 아니리.

에밀리 디킨슨

에밀리 디킨슨. 미국 현대시의 자존심. 자신의 2층 방에서만 평생 갇혀서 살았다는 말을 어디에선가 본 일이 있다. 그 자발적인 고독. 참 특별한 인생이다. 그럼에도 불구하고 인생의 깊이와 폭을 충분히 감당하는 시를 많이 썼다는 것!

시 「내가 만약」은 영문학자 고故 장영희 교수가 특별히 사랑하고 아낀 시다. 꼭 그런 것만 아니겠지만 나도 마음 깊이 아끼고 사랑하는 작품이다. 시이 메시지가 매우 명쾌하고 단순하다. 결코 인생을 헛되게 살지 않겠다는 것!

약해지지 마

있잖아, 불행하다고
한숨짓지 마

햇살과 산들바람은
한쪽 편만 들지 않아

꿈은
평등하게 꿀 수 있는 거야

나도 괴로운 일
많았지만
살아 있어 좋았어

너도 약해지지 마

시바타 도요

시바타 도요. 백 살 가까운 나이에 처음 낸 시집이 밀리언셀러가 되었을 뿐더러 다른 나라까지 번역되어 유명해진 일본의 할머니 시인. 인생의 후반기에 자기 인생을 돌아보며 모든 것을 긍정으로 바라보고 쓴 시들이 독자들에게 호감을 주었을 것이다.

위의 시 「약해지지 마」는 대표시. 말하듯이 썼다. 하긴 시의 첫걸음이 '말하듯이'다. 문자언어보다 음성언어가 먼저이기 때문이다. 그래야 시가 순하게 다가온다. 처음엔 아들에게 '편지 쓰듯'이 시를 썼다고 한다. 그것이 또 시의 본령이다. 호소와 고백이 다시금 시의 첫걸음이니까. 이런 시를 통해 시인의 삶과 함께 우리는 좋은 느낌, 바로 희망을 얻는다.

어머니께

이야기할 것이 참 많았습니다.
너무나 오랫동안 나는 객지에 있었습니다.
그러나 가장 나를 이해해준 분은
어느 때나 당신이었습니다.

오래전부터 당신에게 드리려던
나의 최초의 선물을
수줍은 어린아이처럼 손에 쥔 지금
당신은 눈을 감고 말았습니다.

그러나 이것을 읽고 있으면
이상히도 슬픔이 씻기는 듯합니다.
말할 수 없이 너그러운 당신이, 천 가닥의 실로
나를 둘러싸고 있기 때문입니다.

헤르만 헤세

아, 헤르만 헤세. 젊은 시절부터 나에게 좋은 친구였으며 좋으신 스승이었던 이름. 늘 목마른 나에게 목마르냐 물었고 그러면 이것을 좀 마셔보라며 한 잔의 물을 권하곤 했다. 지쳤느냐, 힘이 드냐, 손을 내밀어 더 멀리, 아득한 곳으로 가자고 속삭여주곤 했다.

이, 어찌 고맙지 않겠는가. 이 세상 모든 젊은 영혼보다 먼저 아프고, 먼저 헤매고 먼저 길을 찾은 그. 그가 돌아가신 어머니에게 드리는 고백은 그냥 그대로 사적인 고백이 아니라 공적인 고백으로 바뀐다. 그리하여 우리에게도 위로와 안식을 전해준다.

높은 산속의 저녁
— 어머니께

행복한 하루였습니다. 알프스가 붉게 물들고 있습니다.
빛나는 광경을 지금 당신에게 보여드리고 싶습니다.
말없이 당신과 함께, 더없는 기쁨 안에서 가만히 서 있고
싶습니다.
—그런데 왜 당신은 세상에 계시지 않는 겁니까?

골짜기에서 이마에 구름을 얹은 밤이 엄숙히 솟아올라
서서히 절벽과 목장과 묵은 눈의 빛을 지웁니다.
나는 그것을 보고 있습니다.
—그러나 당신이 계시지 않아 시들합니다.

주위는 아득한 어둠과 정적,
나의 마음도 따라 어두워지고 서러워집니다.
지금 나의 곁을 사뿐한 발자국 소리 같은 그 무엇이 지나갑
니다.

"얘야, 내다, 벌써 나를 몰라보겠니?
밝은 대낮은 혼자서 즐거라.
그러나 별도 없는 밤이 와

갑갑하고 불안한 너의 영혼이 찾을 땐
언제나 내가 곁에 와 있으마."

헤르만 헤세

———

다시, 헤르만 헤세. 돌아가신 어머니와 대화하는 시다. 헤세에게는
세상에서 생명을 거둔 사람하고도 대화할 수 있는 마음의 능력이
있다. 그래서 헤세는 영혼의 시인이다. 그처럼 영성이 가득한 시인
은 없다.

혼자 있는 조용한 밤의 시간. 그 시간을 틈타 어머니가 찾아오신
다. 물론 들리지 않는 목소리로 오시는 어머니다. 마음 안에 숨 쉬
고 계신 어머니다. 이런 시를 소년이 읽는다면 그는 분득 성상하는
사람이 될 것이다.

나의 형 미겔에게
— 그의 죽음에 부쳐

형! 오늘 난 테라스에 앉았어.
형이 없으니까 많이 그리워.
형과 장난을 쳤던 게 생각나. 엄마는
우리의 머리를 쓰다듬으며 말씀하셨지.
"아이구 이 녀석들아······"

저녁 기도 전이면
늘 술래잡기를 했듯
이제는 내가 숨을 차례. 형이 나를 찾지 못해야 하는데.
마루, 현관, 복도.
그다음에는 형이 숨고, 나는 형을 찾지 못해야만 해.
그 술래잡기에서 우리가
울었던 일이 떠올라.

형! 8월 어느 날 밤에
형은 새벽녘에 숨었어.
그런데 미소 지으며 숨는 대신 우울해 보였지.
가버린 시절, 그 오후의 동생인 나는
지금 형을 못 찾아 마음이 무거워졌어.

벌써 어둠이 영혼에 가득한걸.

형! 너무 늦게까지 숨어 있으면 안 돼.

약속해, 엄마가 걱정하시잖아.

세사르 바예호

───────

눈물겨워라. 이러한 동생. 이러한 형. 형이 자살하던 날, 밤에 이런 시를 썼다니. 그것은 얼마나 아픈 운명인가. 이런 글이라도 쓰면서 남은 자는 스스로 위로받고 싶었을 것이다. 이겨내고 싶었을 것이다. 그 이기심을 우리는 이해한다.

세상에서 사라진 형을 생각하며, 또 어려서 술래잡기를 하던 시절을 떠올리는 이 천진함과 순박함이여. 그래. 차라리 어른이 된 것을 포기하고 어린 시절로 돌아가고 싶었겠지. 마지막 구절, '형! 너무 늦게까지 숨어 있으면 안 돼./ 약속해, 엄마가 걱정하시잖아.' 이것은 너무나도 슬픈 동화다.

삶이 그대를 속일지라도

삶이 그대를 속일지라도
슬퍼하거나 화내지 말라!
슬픈 날을 참고 견디면
머지않아 기쁨의 날이 올지니.

마음은 언제나 내일에 살고
오늘은 우울하고 슬프기도 한 것!
모든 것들은 한순간에 지나가고
지나간 것들은 또다시 그리워지리니.

알렉산드르 세르게예비치 푸시킨

————

언제부터 이 문장을 보아왔는지 모른다. 일찍이 시골 이발소 벽에
도 붙어 있었고 결혼을 하여 신접살림을 차린 신랑, 신부의 방에
도 걸려 있던 문장이다.
많은 위로가 되었을까? 오늘은 어차피 글렀으니 내일을 꿈꾸면서
살라는 먼 나라 시인의 충고. 지금도 이 문장에 마음이 사무치는
건 아무래도 머지않아 오리라던 그 '기쁨의 날'이 아직도 내게 오
지 않은 까닭인가 한다.

내 인생은 장전된 총

내 인생은 장전된 총
구석에 서 있던 어느 날
마침내 주인이 지나가다 날 알아보고
나를 데려갔다.

그리고 우리는 국왕의 숲을 헤매면서
사슴사냥을 하고 있다.
내가 주인 위해 고함칠 때마다
산과 들은 두려움에 떤다.

내가 미소를 지으면 힘찬 빛이
계곡에서 번쩍한다.
베수비어스 화산이
즐거움을 토해내는 듯하다.

밤이 되어 멋진 하루가 끝나면
나는 주인님 머리맡을 지킨다.
밤을 함께 보내다니 푹신한
오리 솜털 베개보다 더 좋다.

그분의 적에게 나는 무서운 적이다.
내가 노란 총구를 겨누거나
엄지에 힘을 주면
아무도 두 번 다시 움직이지 못한다.

비록 그분보다 내가 더 오래 살지 모르나
그분은 나보다 더 오래 살아야 한다.
나는 죽이는 능력은 있어도
죽는 힘은 없으므로.

에밀리 디킨슨

평생 자신의 2층 방에 갇혀 세상과 단절되어 살았던 시인. 살면서 두 차례 정도 외부 여행을 떠난 일밖에는 없다는 시인. 그것도 아버지를 따라서. 생전에 평가받지 못했지만 사후에 미국 시문학의 중추가 된 시인.

조금은 충격적이다. 시인 자신이 총에 빙의되어 총의 마음을 썼다. 섬뜩하다. 사람이 총이고 총이 사람이다. 그 잔인함에 대해서 썼다. 이것도 고발일까. 아니면 도발이기나 자랑일까. 역시 미국 시인답고 미국 풍토답다. 내면에 분출하는 힘과 분노 같은 걸 느낀다.

여관

길이 나를 인도한 곳
그곳은 공동묘지였네.
이곳에서 묵어야겠어.
나는 속으로 생각했네.

너희 장례식의 조화들은,
지친 나그네들을
차가운 여관으로 이끄는
표지판처럼 보이네.

헌데 이 여관은
방이 모두 가득 찼는가?
난 지쳤고 쓰러질 판국인데다
치명적인 상처를 입었고.

아, 이 냉정한 여관아,
넌 나를 받아주지 않는가?
그렇다면 그냥 가자, 가자,
나의 믿음직한 지팡이여!

빌헬름 뮐러

삶에 지친 것이다. 그만 무너진 것이다. 걷고 걸어서 도달한 곳은 집이 아니라 여관. 여관을 공동묘지로 보았다. 아니, 반대로 공동묘지에 다다라서 여관을 상상했는지도 모른다. 이래저래 썰렁하고 스산하다. 인생은 이렇게 힘들 때가 있다.

이 사람을 위해 우리가 해주어야 할 일은 과연 무엇인가. 동정의 눈빛인가. 따스한 악수인가. 아, 그렇구나. 이 시인은 그 유명한 슈베르트의 가곡 「보리수」, 「겨울 나그네」, 「아름다운 물방앗간 아가씨」의 가사를 쓴 시인이다. 맑고 깨끗한 그의 마음에 우리는 무슨 말을 보낼 것인가.

봄의 말

봄이 속삭인다.
꽃피워라,
희망하라,
사랑하라,
삶을 두려워하지 마라.

소년 소녀들은 모두 알고 있다,
봄이 말하는 것을.
살아라, 자라나라, 피어나라,
희망하라, 사랑하라, 기뻐하라, 새싹을 움트게 하라,
몸을 던져 두려워하지 마라!

노인들도 모두 봄의 속삭임을 알아듣는다.
늙은이여, 땅속에 묻혀라.
씩씩한 아이들에게 자리를 내어주라.
몸을 내던지고, 죽음을 두려워하지 마라.

헤르만 헤세

'봄이 속삭인다./ 꽃피워라./ 희망하라,/ 사랑하라,/ 삶을 두려워하지 말라.' 이것은 서울 광화문 교보 글판에 올랐던 '2007년도 봄' 편의 문구다. 바로 위의 시 첫머리에서 따온 문장이다. 봄을 맞아 찌뿌둥한 사람들에게 많은 감흥을 주었을 것이다.

일 년의 시작이 봄에 있고 일생의 봄은 소년에게 있다. 그러기에 소년들을 응원해야 한다. 그래그래 너희들은 지금 잘하고 있는 거야. 오늘 조금 모자라더라도 내일은 훨씬 좋아질 거야. 용기와 축복을 줘야 한다. 그럴 때 또 헤세의 시다.

유월이 오면

유월이 오면 나는 그때 온종일
순이와 함께 건초 더미 속에 앉아 있으려네.
그리고 솔솔바람 부는 하늘에 흰 구름이 지어놓은
눈부시게 높은 궁전들을 바라보려네.

순이는 노래 부르고 나는 노래 지어주고
그리고 온종일 아름다운 시들을 읽으려네.
마른풀로 지은 우리들의 집에 숨어 누워서
오, 인생은 즐거워라 유월이 오면.

로버트 시모어 브리지스

이 시를 처음 읽은 건 고등학교 1학년 때. 분위기가 따스하고 정겨웠다. 내가 꿈꾸던 세상이 거기 먼저 가 있는 듯했다. 오랜 세월 노트에 베껴 읽으며 자연스럽게 나의 말투로 바꾸고 여자 주인공 이름도 '순이'로 바꾸었다.

그랬더니 시가 더욱 나와 가까운 마음이 들었다. 물론 순이는 내 마음의 연인이 되었다. 결코 즐겁지 않은 인생. 그래도 '오, 인생은 즐거워라 유월이 오면.' 이 구절을 읊으면 인생이 문득 즐거워지는 듯한 느낌을 얻는다.

젊은 시인에게 주는 충고

마음속에서 풀리지 않는 고민들에 대해
인내함을 가져라.
고민 그 자체를 사랑해라.
지금 당장 답을 얻으려 말라.
지금 당장 주어질 순 없으니까.
중요한 건
모든 것 그대로 살아보는 일이다.
지금 그 고민들과 더불어 살라.
그러하면 언젠가 미래에
너 스스로도 알지 못하는 그 시간에
삶이 너에게 답을 가져다줄 것이리니.

라이너 마리아 릴케

나의 소년 시절, 헤세 다음에 좋았던 시인은 라이너 마리아 릴케였다. 시의 문장으로서 가장 높은 신비의 봉우리에 이르렀으며 세계인들에게도 그것을 안내해준 시인.

헤세와 더불어 박목월 선생의 저서를 통해서 알게 되었다. 시인을 지망하면서 눈앞이 어두워졌을 때 이런 문장은 밝은 이정표를 제공해준다. 아니다. 인생 자체의 인내자가 되어준다. '삶이 너에게 해답을 가져다줄 것이리니.' 이런 문장의 축복 말이다.

두 번은 없다

두 번은 없다. 지금도 그렇고
앞으로도 그럴 것이다. 그러므로 우리는
아무런 연습 없이 태어나서
아무런 훈련 없이 죽는다.

우리가, 세상이란 이름의 학교에서
가장 바보 같은 학생일지라도
여름에도 겨울에도
낙제란 없는 법.

반복되는 하루는 단 한 번도 없다.
두 번의 똑같은 밤도 없고,
두 번의 한결같은 입맞춤도 없고,
두 번의 동일한 눈빛도 없다.

어제, 누군가 내 곁에서
네 이름을 큰 소리로 불렀을 때,
내겐 마치 열린 창문으로
한 송이 장미꽃이 떨어져 내리는 것 같았다.

오늘, 우리가 이렇게 함께 있을 때.
난 벽을 향해 얼굴을 돌려버렸다.
장미? 장미가 어떤 모양이었지?
꽃이었던가, 돌이었던가?

힘겨운 나날들, 무엇 때문에 너는
쓸데없는 불안으로 두려워하는가.
너는 존재한다―그러므로 사라질 것이다
너는 사라진다―그러므로 아름답다

미소 짓고, 어깨동무하며
우리 함께 일치점을 찾아보자.
비록 우리가 두 개의 투명한 물방울처럼
서로 다를지라도…….

비스와바 심보르스카

용인에 있는 한국외국어대학에 문학 강연을 한 적이 있다. 그때 나를 초청해준 교수가 책 한 권을 선물했다. 바로 비스와바 심보르스카의 시집 『끝과 시작』. 바로 그 책을 한국어로 번역한 최성은 교수였다. 두툼한 책. 가슴에 안았다.

시집 제목부터 특별했다. '시작과 끝'이 아닌 '끝과 시작'. 노벨문학상 수상 시인의 시편이라는데 이해가 가까웠고 생활적이며 근원적이었다. 인생과 자연, 우주를 새롭게 보는 안목을 주었다. 진정한 신선미와 친근미가 함께 깃들어 있었다.

집

상이 차려졌다, 아들아
크림의 고요한 흰색과 함께,
그리고 네 벽에는 질그릇들이
푸른빛을 내며 반짝이고 있다.
여기 소금이 있고, 기름은 여기
가운데는 거의 말을 하고 있는 빵.
빵의 금빛보다 더 아름다운 금빛은
대나무나 과일엔 없으니,
그 밀 냄새와 오븐은
끝없는 기쁨을 준다.
굳은 손가락과 부드러운 손바닥으로
우리는 더불어 빵을 쪼갠다, 귀여운 애야.
검은 땅이 흰 꽃을 피워내는 걸
네가 놀라운 눈으로 보고 있는 동안.
빵을 가지러 가는 네 손을 낮추어라.
네 엄마가 자기의 손을 낮추듯이.
아들아, 밀은 공기로 된 것이고
햇빛과 괭이로 된 것이란다.
그러나 이 빵, '신의 얼굴'이라고 불리는 이 빵은

모든 식탁에 놓여 있는 게 아니다.
그리고 다른 애들이 그걸 갖지 못했다면
아들아, 그걸 건드리지 않는 게 좋고,
부끄러운 손으로
너는 그걸 가져가지 않는 게 좋다.

아들아, 굶주림은 그 찌푸린 얼굴로
타작하지 않은 밀을 휩싸며 회오리친다.
그들은 찾지만, 서로 발견하지 못한다.
빵과 곱사등이 굶주림은.
그러니 그가 지금 들어오기만 하면 발견하는 것이니,
우리는 이 빵을 내일까지 먹지 말고 놔둘 일이다.
케추아 인디언은 닫는 법이 없는
문을 타오르는 불로 표시하고,
그리고 굶주림이 몸과 영혼이 잠들 때까지
먹는 걸 볼 일이다.

가브리엘라 미스트랄

가브리엘라 미스트랄. 칠레의 여성 시인. 젊은 네루다가 시에 경도될 때 가까운 이웃에 살며 영향을 주었다는 바로 그 시인. 네루다보다 앞서 조국 칠레에 노벨문학상 수상의 기쁨과 영광을 안겨준 시인.

시의 행간이 시원스럽고 거침이 없다. 그러면서도 겸허하다. 여성 시인의 섬세함과 부드러움을 함께 읽는다. 아들의 이름을 부르면서 타이르는 듯한 목소리가 친근하면서 자애롭다. 시란 묘한 것이다. 몇 개 되지 않는 문장을 통해 인간의 마음 길기를 이렇게노 순하게 다스려준다.

행복

행복을 찾아 헤매는 동안
그대는 행복해질 준비가 되어 있지 않다
가장 사랑하는 것들이 모두 그대 것일지라도

이미 잃어버린 것을 안타까워하는 동안
그대는 목표를 가지고 쉼 없이 달리지만
무엇이 평안인지 알지 못한다

모든 소망을 단념하고
목표와 욕망도 잊어버린 채
행복에 대해 더는 말하지 않을 때

행위의 물결이 그대 마음에 닿지 않고
그대 영혼은 비로소 쉬게 될 것이다.

헤르만 헤세

행복은 인류 공통의 영원한 화두다. 그런 가운데 헤르만 헤세의 생각. 서양 사람이면서 동양적인 사유를 사랑했고 명상과 고요와 영성을 두루 지녔던 헤세. 그가 밝히는 행복관. 어쩌면 헤세의 행복관은 행복에만 한정된 것이 아니고 인생 전반으로 확대 재생산되는 것인지도 모르겠다.

의도하면 오히려 본질이 흐려지고 그 자체가 잘 이루어지지 않는다는 것. 예를 들어 야구에서 타자들이 홈런을 의식하면 오히려 볼이 빗맞고 자유롭게 볼을 쳤을 때 홈런이 나오는 것처럼 말이나. 굳이 염원하지 않을 때 행복이 온다는 것. 한 수 배울 일이다.

옛 샘

등불을 끄고 자거라! 일어난 채
계속 울리는 것은 오직 옛 샘의 물줄기 소리
하지만 내 지붕 아래 손님이 된 사람은
곧 이 소리에 익숙해진다.

당신 꿈속에 흠뻑 빠져 있을 동안 어쩌면
집 주변에서 이상한 소리가 들릴는지 모른다.
거친 발소리, 샘 근처 자갈 소리가 나며
경쾌한 물소리는 뚝 멈출지 모른다.

그러면 당신은 눈을 뜬다, 하지만 놀라지 마라!
별이란 별은 모두 땅 위에서 빛나고
나그네 한 사람이 샘으로 다가가서
손바닥으로 물을 뜨고 있는 것이다.

나그네는 떠나고 곧 물줄기 소리가 다시 들릴 것이다.
아 기뻐하여라, 당신은 혼자가 아니리니
별빛 속에 길을 가는 수많은 나그네가 길 가고
그 가운데 한 사람이 당신에게로 오고 있는 것이다.

한스 카로사

독일 시인들의 시를 읽으면 인생을 느낀다. 인생을 배운다. 결코 화
려하거나 달콤한 꿈꾸는 인생이 아니다. 여전히 고전분투하는 현
실의 인생이다. 떠돌이로 정처 없는 인생, 흰 구름 같은 인생. 당장
이라도 내려놓고 싶은 인생.

그렇지만 한결같이 시의 주인공들은 자신의 인생을 포기하지 않는
다. 보듬어 안는다. 오늘은 이만큼 족했으니 내일 또 떠나자고 말한
다. 이민 쉬라고 자신을 다독이고 또 나른 이늘을 다녹인다. 위의
시 「옛 샘」도 그런 시, 수월찮은 위로를 얻는다.

마지막 기도

슬픔 속에서 잠자리에 들고
똑같은 슬픔 속에서 잠을 깬다.
나는 모든 걸 견딜 수가 없어
비 맞으며 여기저기를 걸어다녔다.
아버지여,
모든 생명의 근원이시여,
우주의 영이여,
생명의 샘물이여,
나를 도우소서.
내 삶의 마지막 며칠, 마지막 몇 시간만이라도
당신께 봉사하며 당신만을 바라보며
살 수 있도록 나를 도우소서.

레프 니콜라예비치 톨스토이

몇 년 전 나는 푸시킨과 톨스토이를 찾아 러시아 여행을 감행한 일이 있다. 톨스토이의 저택을 모스크바에서 만났다. 저택의 규모에도 놀랐지만 정작 톨스토이가 생전에 입었다는 털외투를 보고 놀랐다. 내 몸의 두 배쯤 되는 스케일이었다.

'러시아에는 두 개의 권력이 있다. 하나는 차르이고 또 하나는 톨스토이다.' 한때 그런 말이 있을 정도로 민중적인 지지가 높았던 소설가. 그대로 거인이나. 생전에 독실한 그리스전이기를 소망했다고 한다. 그러하기에 이런 기도시를 남겼을 것이다.

이니스프리의 호수 섬

나는 이제 일어나 가야지, 이니스프리로 가야지,
나뭇가지 엮어 진흙 발라 거기 작은 오두막집 하나 짓고
아홉 콩이랑, 꿀벌통도 하나 가지리.
그리고 벌이 붕붕대는 숲속에서 홀로 살리.

그럼 나는 좀 평화를 느낄 수 있으리, 평화는 천천히
아침의 베일로부터 귀뚜라미 우는 곳으로 방울져 내려오기에,
거기 한밤엔 온 자취 은은히 빛나고, 정오는 자줏빛으로 불
타오르고
저녁엔 가득한 방울새의 나래 소리,

나는 이제 일어나 가야지, 왜냐하면 항상 낮이나 밤이나
호숫물이 나지막이 철썩대는 소리 내게 들려오기에.
내가 차도 위 혹은 회색 보도 위에 서 있을 동안에도
나는 그 소릴 듣는다, 가슴속 깊이.

윌리엄 버틀러 예이츠

이니스프리. 이 단어는 이제 지구인 모두에게 이상향의 대명사가 되었다. 그 말만 들어도 평화와 안식을 느낀다. 하지만 실재하지 않은 섬이다. 시인 예이츠가 런던에 살면서 고향이 그리운 마음에 시를 쓰면서 만들어낸 가공의 이름이다.

실제 모델은 아일랜드 북서부 항구도시인 슬라이고 근처의 작은 섬 '질 호수 섬Lough Gill'. 그런데 이 시로 하여 그곳이 세계적인 관광지기 되었다 하니 이 또한 문학의 힘이다. 사는 일이 찌뿌둥할 때는 이런 시를 읽을 일이다.

연꽃 피는 날이면

아, 연꽃이 피는 날이면, 슬퍼집니다.

제 마음 길을 잃고 헤매이니 이를 어찌하면 좋겠습니까.

광주리는 비었건만 돌아보는 이도 없는 채 꽃은 남아 있나
이다.

오직 슬픔만이 가끔 이 몸에 닥쳐와 꿈에서 놀라 일어나면
남풍을 타고 불어오는 이상한 향기의 달콤한 흔적만이 느
껴집니다.

이 어렴풋한 달콤한 향기가 그리움으로 내 가슴을 아프게
하니

이는 여름이 뜨거운 숨길의 완성을 찾는 것이라고 생각될
뿐이옵니다.

이때에도 제 몸은 그렇게 가까이 있는 줄은 몰랐고,

또 그것이 제 것이며 이 완전한 향기가 제 가슴

한바닥에 피었을 줄은 몰랐나이다.

라빈드라나트 타고르

남성 시인인데 발성은 여성 어법이다. 아니마. 카를 융의 심리학에 나오는 '남성이 지니는 무의식적인 여성적 요소'. 이러한 경향은 다른 남성 시인들에게도 있을 수 있겠다. 우리나라 한용운 시인의 「님의 침묵」의 세계도 그렇다 하겠다.

참 부드럽고 그윽한 세상이다. 누군가 고운 한 사람, 하루 종일 연꽃 송이를 바라보고 있는 것 같은, 고즈넉한 향기가 전해진다. 시 그 자체가 기도이고 명상이고 노래나. 순설한 사랑의 고백. 우리도 이런 시를 통해 조금씩 마음이 맑아진다.

너는 울었다

나의 불행을 보고

나도 울었다

나를 슬퍼하는 너의 동정이 가슴에 사무쳐

……

너는 너 자신의 불행을

내게서 보았을 뿐

2

살아남은 자의 슬픔

누가 바람을 보았는가

누가 바람을 보았는가?
나도 너도 보지 못했지.
그러나 나뭇잎이 매달려 떨고 있을 때
바람은 질러가고 있다.

누가 바람을 보았는가?
나도 너도 보지 못했지.
그러나 나무들이 머리 숙여 인사할 때
바람은 스쳐가고 있다.

크리스티나 로제티

———

실상 그렇다. 바람은 인간의 눈에 보이지 않는다. 공기의 흐름 자체
가 바람이므로 바람에게는 육체가 없다. 다만 다른 물체를 움직여
그 자신의 존재를 확인시킨다. 이것은 뻔한 사실이지만 살면서 우
리가 모르고 지냈던 일이다.
그 사실을 시인이 우리에게 깨닫게 해준다. 매우 명랑한 목소리로
시인이 묻고 혼자 답하는 소리를 들어보라. '그러나 나뭇잎이 매달
려 떨고 있을 때/ 바람은 질러가고 있다.' 시는 이렇게 아름다운 독
백이기도 하다는 것을 가르쳐준다.

시집 「풀잎」의 서문

인생은 당신이 배우는 대로 창조되는 학교이다.

당신의 현재 생활은 책 속의 한 장에 지나지 않는다.
당신은 지나간 장들을 썼고, 남은 장들을 써나갈 것이다.
당신이 당신 자신의 저자이다.
사람이 자기 조국을 사랑하는 것은 자연스러운 일이다.
그러나 왜 국경에서 멈추는가?
모든 사람이 볼 수 있도록 당신의 사상을 하늘 위에
불로 새겨놓은 것처럼 그렇게 사고하라.
진실로 그렇게 하라.

온 세상이 단 하나의 귀만으로 당신의 말을 들으려고 하는
듯이
그렇게 말하라. 진실로 그렇게 하라.

당신의 신이 존재를 확인받기 위해 당신을 필요로 하듯이
살아라.
진실로 그렇게 하라.

땅과 태양과 동물들을 사랑하라. 부를 경멸하라.

원하는 모든 이에게 자선을 베풀라.

어리석고 제정신이 아닌 일에 맞서라.

당신의 수입과 노동을 다른 사람을 위한 일에 돌려라.

신에 대하여 논쟁하지 말라.

사람들에게는 참고 너그럽게 대하라.

당신이 모르는 것, 알 수 없는 것 또는

사람 수가 많든 적든 그들에게 머리를 숙여라.

지식은 갖추지 못했으나 당신을 감동시키는 사람들,

젊은이들, 가족의 어머니들과 함께 가라.

자유롭게 살면서 당신 생애의 모든 해, 모든 계절,

산과 들에 있는 이 나뭇잎들을 음미하라.

학교, 교회, 책에서 들은 모든 것을 다시 검토하라.

당신의 영혼을 모욕하는 것은 무엇이든지 멀리하라.

월트 휘트먼

시집 '서문'이라고는 하지만 그대로 시다. 아니, 시보다 더 울림이 큰 시다. 링컨 대통령이 살았던 시절, '캡틴 나의 캡틴.' 하면서 링컨 대통령을 찬양하는 시를 썼던 시인.

통이 큰 목소리가 들린다. 그 문장을 우리는 영화 〈죽은 시인의 사회〉에서 보았던가 싶다. 링컨 대통령이 비운으로 죽자, 그 조사를 또 썼다는 이야기는 전설처럼 전해진다.

풀잎

한 아이가 두 손 가득 풀을 가져와 "풀은 무엇입니까?"라고
묻는다.
내가 어떻게 그 아이에게 대답할 수 있겠는가? 나도 그 애처
럼 그것이 무엇인지 모른다.

나는 그것이 희망의 푸른 천으로 짜여진 나의 천성의 깃발
일 것이라고 추측한다.
아니면 그것은 주님의 손수건이거나,
향기 나는 선물, 일부러 떨어뜨린 기념물일 것이고,
소유주의 이름이 어느 구석엔가 들어 있어 우리가 보고
'누구의 것', 이라고 알아맞힐 수 있는 것이다. 또 나는 추측
한다. 풀은 그 자체가 어린아이 식물에서 나온 어린아이일
것이라고.
혹은 그것은 모양이 한결같은 상형문자일 것이라고,
그리고 그것은 넓은 지역에서도 좁은 지역에서도 싹트고
검둥이 사이에서도 흰둥이 사이에서도 자라며
캐나다인, 버지니아인, 국회의원, 흑인, 나는 그들에게 그것
을 주고, 그들에게서 그것을 받는다.
또한 그것은 무덤에 난 깎지 않은 아름다운 머리털이라고

생각된다.

너, 보드라운 풀이여, 나는 너를 고이 다루련다.
너는 젊은이들의 가슴에서 싹트는지도 모르겠고,
만일 내가 그들을 진작에 알았더라면, 나는 그들을 사랑했을지도 모르는데,
아마 너는 노인들, 혹은 생후 곧 어머니들의 무릎에서 들어낸 갓난아이에서 나오는지도 모른다.
그리고 자, 여기에 그 어머니의 무릎이 있다.
이 풀은 늙은 어머니들의 흰 머리에서 나온 것으로선 너무 검다.
노인의 색 바랜 수염보다도 검고,
엷게 붉은 입천장 밑에서 나온 것으로서도 너무 검다.

아, 나는 결국 그 숱한 말들을 이해한다.
그리고 그 말이 아무 의미 없이 입에서 나오지는 않음을 안다.
나는 젊어서 죽은 남녀에 관한 암시를 풀어낼 수 있었으면 싶다.
그리고 늙은 남자와, 나자마자 어머니들이 무릎에서 들어

낸 아이들에 관한 암시도.

너는 그 젊은이와 늙은이가 어떻게 됐다고 생각하는가?

여자들과 어린아이들이 어떻게 됐다고 생각하는가.

그들은 어딘가에서 살아서 잘 지내고 있다.

아무리 작은 싹이라도 그것은 진정 죽음은 없는 것을 보여주는 것이다.

만일 죽음이 있다면, 그것은 생을 추진하는 것이고, 종점에서 기다렸다가 생을 잡는 것은 아니다.

또 그것은 생이 나타나는 순간에 끝나버린다.

만물은 전진하고 밖으로 나갈 뿐 죽는 것은 하나도 없다.

죽는 것은 사람들이 상상하는 것과는 다르고, 훨씬 행복한 것이다.

월트 휘트먼

누군가 말했다. 미국에 일찍이 '풀잎'의 시인이 있었고 한국에는 '풀꽃'의 시인이 있다고. 그러나 호흡조차 서로 다른 시의 문장이다. 그대로 폭포수 같은 장쾌함이 있다.

땅덩어리가 넓다 보니 이런 배짱이 열리는 걸까. 문제는 인간이다. 인간을 인간답게 바라보고 평등하게 대하고, 나만 아니라 너까지도 품어주고 챙겨주는 그 너그러움이 좋다. 국량局量이란 말이 있는데 국량이 꽤나 넓은 사람의 글이다.

아이를 얕보지 마세요

아이를 얕보지 마세요
그 아이의 집이 평범하고 보잘것없는 집이라고
아이를 얕보지 마셔요
링컨의 집도 통나무집이었답니다

부모가 무식하다고
아이를 얕보지 마셔요
셰익스피어의 아버지는 자신의 이름조차
쓸 수 없었답니다

보잘것없는 직업을 가졌다고
아이를 얕보지 마셔요
『천로역정』의 작가 존 버니언도 땜쟁이였답니다

몸에 장애가 있다고 해서
아이를 얕보지 마셔요
밀턴도 시각장애인이 아니었던가요!

아이를 얕보지 마셔요

그들이 인생살이에 있어서 언젠가는
앞장설 수 있어서가 아니라
그것은 옳은 일이 아니고 불친절한 일이고
무례하기까지 한 일이기 때문입니다.

로버트 베이든 파월

———————

보이스카우트를 창시한 분의 글이라고 한다. 역시 그 신분답게 어린 생명을 소중히 대하고자 하는 선한 의지가 잘 드러나 있다. 이런 글이라도 자꾸 읽으면서 어린 사람, 약한 사람, 뒤처진 사람을 챙겨주는 마음을 길러야 할 일이다.

조연이 있기에 주연이 있는 것이라고 생각한다. 아무리 주연이라 해도 자기 관리를 잘 하지 않으면 하루아침에 나락으로 떨어지고 만다. 무릇 자기를 챙기면서 살아야 힐 일이다. 아니나. 다른 사람을 챙겨주면서 살아야 할 일이다.

청춘

청춘이란 인생의 어떤 한 기간이 아니라
마음가짐을 뜻한다.
장밋빛의 용모, 붉은 입술, 나긋나긋한 손발이 아니라
굳센 의지, 풍부한 상상력, 타오르는 열정을 가리킨다.
청춘이란 인생에서 깊은 샘의 청량함을 말한다.

청춘이란 두려움을 물리치는 용기,
안이함을 따르고 싶은 마음을 물리치는 모험심을 의미한다.
때로는 20세 청년보다도 70세 노인에게 청춘이 있다.
나이를 더해가는 것만으로 사람은 늙지 않는다.
꿈을 잃어버릴 때 마음은 늙는다.
세월은 주름살을 늘려주지만
열정을 잃으면 곧 마음이 시든다.
고뇌, 공포, 실망에 의해서 기력은 땅에 떨어지고
정신은 가벼운 먼지가 된다.

70세든 20세든 인간의 가슴에는
경이에 끌리는 마음, 어린애 같은 미지에 대한 호기심,
인생에 대한 흥미와 환희가 있다.

그대에게도 나에게도 마음의 눈에 보이지 않는 편지함이
있다.
인간과 하느님으로부터 아름다움과 희망, 기쁨과 용기,
힘의 영감을 받는 한 그대는 충분히 젊다.

영감이 사라지고, 정신이 미궁의 눈에 덮이고,
비통함의 얼음에 갇혀 있을 때
20세라도 인간은 늙는다.
머리를 높이 들고 희망의 물결을 붙잡는 한,
80세라도 그 사람은 청춘으로 살 수 있다.

사무엘 울만

이보다 힘찬 웅변이 없다. 인생에 대한 웅변, 삶에 대한 웅변이다. 어느 날 살아가다가 지쳤거나 우울할 때 소리 내어 읽으면 좋을 문장이다. 용기를 얻을 것이다. 스스로 반성이 될 것이다. 아, 아직은 아니구나. 아직은 가능하겠구나.

미래를 안을 일이고 희망을 안을 일이다. 자기 안에서 가능성을 찾으면서 인생의 이정표로 삼아야 한다. 인생이 무서워 지레 기죽을 일은 없다. 과감하게 자기 인생을 열어나갈 일이다. 당신이 꿈꾼다면 바로 당신이 청춘의 사람이다.

바닷가에서

아득한 나라 바닷가에 아이들이 모였습니다
가없는 하늘 그림같이 고요한데
물결은 쉴 새 없이 남실거립니다
아득한 나라 바닷가에
소리치며 뜀뛰며 아이들이 모였습니다

모래성 쌓는 아이
조개껍질 줍는 아이
마른 나뭇잎으로 배를 접어
웃으면서 한바다로 보내는 아이
모두 바닷가에서 재미나게 놉니다

그들은 모릅니다
헤엄칠 줄도 고기잡이할 줄도
진주를 캐는 이는 진주 캐러 물에 들고
상인들은 돛 벌려 가고 오는데
아이들은 조약돌을 모으고 또 던집니다

그들은 남모르는 보물도 바라잖고

그물 던져 고기잡이할 줄도 모릅니다

바다는 깔깔거리고 소스라쳐 부서지고

기슭은 흰 이를 드러내어 웃습니다

사람과 배 송두리째 삼키는 파도도

아가 달래는 엄마처럼

예쁜 노래를 들려줍니다

바다는 아이들과 재미나게 놉니다

기슭은 흰 이를 드러내어 웃습니다

아득한 나라 바닷가에 아이들이 모였습니다

길 없는 하늘에 바람이 일고

흔적 없는 물 위에 배는 엎어져

죽음이 배 위에 있고 아이들은 놉니다

아득한 나라 바닷가는 아이들의 큰 놀이터입니다.

라빈드라나트 타고르

오래전부터 학교 교과서에서 읽어온 시다. 읽는 순간, 멀고도 크고 평화로운 세상을 품는다. 아득하고도 아름다운 세상을 꿈꾼다. 세상 어디엔가 있을 것 같지만 그 어디에도 없는 세상. 바로 시가 데려다주는 아름다운 세상.

그만큼 시의 힘은 크다. 있는 것도 없게 하고, 없는 것도 있게 하는 힘을 가졌다. 시인이 세상에서 사라진 뒤에도 시는 시인을 지상에 존재하게 한다. 시가 영원하므로 시인도 영원한 존재가 된다. 아, 그 아스라한 높이여. 사랑이여. 승리여.

원무

전 세계 소녀들이 모두 손을 잡는다면
바다를 둘러싼 원무를 출 수 있으리

전 세계 소년들이 모두 사공이 된다면
파도 위에 멋진 배다리를 놓을 수 있으리

이처럼 전 세계 모든 인류가
손에 손을 잡기만 한다면

세계의 변두리를 한 바퀴 도는
론도*를 한 판 즐겁게 출 수 있으리.

폴 포르

참 멋진 상상이다. 상상이란 현실적인 경험이 확대되고 재생산되어 나타나는 아름다운 세계다. 결코 공상과는 다르다. 공상이 허황된 세상을 어지럽게 그려낸다면 상상은 실현 가능한 세상을 질서 정연하게 나타낸다는 점에서 많이 다르다.

우리가 사는 지구상의 모든 소녀가 손을 잡는다면 지구 전체가 하나의 춤판이 된다는 꿈! 지구상의 모든 소년들이 뱃사공이 된다면 지구에 멋진 배다리 하나가 생길 거라는 소망! 이러한 꿈과 소망은 그 자체로서 의미가 있다.

*론도. 프랑스에서 생겨난 2박자의 경쾌한 춤곡.

서정시를 쓰기 힘든 시대

나도 안다, 행복한 자만이
사랑받고 있음을. 그 목소리는
듣기 좋고, 얼굴은 잘생겼다.

마당의 구부러진 나무는
질 나쁜 땅에서 자라고 있다. 그러나
지나가는 사람들은 으레 나무를
못생겼다고 말한다.

해협 위의 색색의 보트와 즐거운 돛단배들이
내게는 보이지 않는다. 무엇보다도
어부들의 찢어진 그물이 눈에 띌 뿐.
왜 나는 자꾸
40대의 소작인 처가 허리를 구부리고 걸어가는 것만 이야
기하는가?
처녀들의 젖가슴은
언제나 따스한데,

내 시에 운을 맞춘다면 그것은

내게는 오만함처럼 느껴진다.
꽃피는 사과나무에 대한 경이와
거짓 화가에 대한 경악이
나의 마음속에서 갈등하고 있다.
바로 이 두 번째 마음이
나로 하여금 시를 쓰게 한다.

베르톨트 브레히트

_____

일찍이 만나본 일 없는 시인의 시. 그런데 좋다. 마음에 든다. 왜?
나의 생각이나 느낌, 삶의 의도와 무언가 맞닿아 있어서 그럴 것이
다. 정보나 알음알이 없이도 사람은 때로 이렇게 정서적으로 통할
때가 있다.
이 사람, 이 시인 아무래도 앵그리 맨이다. 화를 내고 있는 사람. 자
기의 문제 때문에 화를 내는 것이 아니라 타인의 일로 화를 내고
있는 사람. 나이 든 앵그리 맨은 꽤나 좋은 사람이다. 이 시인의 심
성도 좋은 인간의 마음에 가 있다.

고향

뱃사람은 즐거이 고향의 고요한 흐름으로 돌아간다,
고기잡이를 마치고서 머나먼 섬들로부터.
그처럼 나도 고향에 돌아갈지니,
내가 만일 슬픔과 같은 양의 보물을 얻을진대.

지난날 나를 반겨주던 그리운 해안이여,
아아, 이 사랑 슬픔을 달래줄 수 있을까.
젊은 날의 내 숲이여 내게 약속할 수 있을까,
내가 돌아가면 다시 그 안식을 주겠노라고.

지난날 내가 물결치는 것을 보던 서늘한 그 강가에
지난날 내가 떠 가는 배를 보던 흐름의 그 강가에
이제 곧 나는 서게 되리니 일찍이 나를
지켜주던 그리운 내 고향의 산과 산이여.

오오, 아늑한 울타리에 에워싸인 어머니의 집이여
그리운 동포의 포옹이여 이제 곧 나는
인사하게 될지니, 너희들은 나를 안고서
따뜻하게 내 마음의 상처를 고쳐주리라.

진심을 주는 이들이여, 그러나 나는 안다, 나는 안다네,
사랑의 슬픔 그것은 쉽게 낫지 않는다는 것을.
사람들이 위로의 노래 부르는 요람의 노래는
내 마음의 이 슬픔을 고쳐주지는 못한다.

우리에게 하늘의 불을 주신 신들이
우리에게 신성한 슬픔도 보내주셨나니,
하여 슬픔은 그대로 있거라, 지상의 자식인 나는
모름지기 사랑을 위해, 또 슬퍼하기 위해 났느니라.

요한 크리스티안 프리드리히 횔덜린

타지에 나가 방황하며 고생하다가 고향으로 돌아가는 사람의 심정을 담았다. 그 사람은 사랑의 슬픔을 많이 지닌 사람이다. 위로가 필요하다. 그래서 고향으로 머리를 돌린 것이다. 고향에 돌아가면 어린 시절로 돌아가 다시금 행복해지겠지.

하지만 시인은 이미 알고 있다. 고향에 돌아가도 상처는 치유되지 않고 그 누구도 도움을 주지 못하리라는 것을. 그래서 시인은 슬퍼하기 위해서 세상에 태어난 자라고 단정한다. 비감스럽지만 씩씩하다. 그러므로 시인은 끝내 슬프지 않다.

아내를 위하여

친구들 모두 나보다 잘난 듯 보이는 날은
꽃다발 사 들고 와
아내와 오순도순

아이를 업고
눈보라 몰아치는 정거장에서
나를 배웅해주던 아내의 속눈썹이여

책 사고 싶다, 책을 사고 싶다고
귀를 울리는 심술은 아니지만
아내에게 말해본다

그 옛날 아내 소원은
음악 속에서 살아가는 것이었지
지금은 노래 잃어

여덟 해 전의
현재의 내 아내의 핀시 한 묶음
어디에 두었던가 마음에 걸리누나

인연을 끊은 딴 남자의 여자처럼
나의 아내가 멋대로 구는 날에
달리아만 본다

고양이 치면 고양이가 또다시
부부싸움의 원인이 되고 말리
슬픈 우리 가정

우리 뜰 밖을 흰 개가 지나갔다
돌아다보면서
개를 길러보자고 아내와 얘기했다

이시카와 다쿠보쿠

이 시를 쓴 시인은 일본의 김소월이라고 불려질 만큼 대중적인 지지를 많이 받는 시인이다. 오래전 일본 여행을 가서 100엔 숍에 들렀을 때 거기에 이 시인의 시집이 100엔에 팔리고 있어서 사 온 일이 있다.

이 시인은 자유시도 썼지만 일본의 정형시 가운데 하나인 와카^{和歌}를 많이 썼다. 와카는 5, 7, 5, 7, 7의 음수율을 밟는 일본의 정형시. 와카를 줄이면 또 하이쿠가 된다. 위의 글들은 다쿠보쿠의 와카 가운데 아내와 관계된 것들만 골랐다. 짧은 일생. 불행했던 삶. 그 가운데 아내와의 사랑 이야기가 처절하게 남아 아직도 핏빛이다.

네 가지 물음

무거운 건? 바다 모래와 슬픔
짧은 건? 오늘과 내일
약한 건? 꽃과 젊음
깊은 건? 바다와 진리.

크리스티나 로제티

소녀적이다. 뾰로통, 귀엽다. 궁금한 것, 알고 싶은 것들이 많았던 모양이다. 근본적인 것들이다. 소녀치고서는 철학적인 관심이다. 이런 질문과 답을 통해 그녀는 성숙하면서 아름다운 인생의 길로 갔을 것이다. 한 떨기의 별이나 꽃처럼.

스스로 묻고 스스로 대답한다. 독백이다. 독백이지만 그 내용은 대화다. 그것이 또 시의 근본이고 삶의 근본이다. 혼자 있을 때에도 침묵하고 있을 때에도 인간은 끊임없이 속으로 묻고 답한다. 외로움의 증거. 아니, 살아 있음의 증거.

살아남은 자의 슬픔

물론 나는 알고 있다.
운이 좋았던 덕분에
나는 친구들보다
오래 살아남았다.
그러나 지난 꿈속에서
친구들이 나에 대하여
이야기하는 소리가 들렸다.
"강한 자는 살아남는다."
나는 내가 미워졌다.

베르톨트 브레히트

꿈 이야기. 꿈속에서 만난 사자死者와의 대화에 대한 자기반성, 또
는 반문. 실상 시인은 강한 자가 아니었던가 보다. 운이 좋아서, 다
만 운이 좋아서 다른 친구들보다 오래 살아남았을 뿐이었던 사람
이란다. 그런데 꿈속에서 친구들의 소리를 듣는다. '강한 자는 살아
남는다.' 어쩌면 그것은 이미 상식적이고 당연한 일이 아닌가. 그런
데 시인은 그 말을 듣고 자기 자신이 미워졌다고 한다. 왜일까? 미
안함 때문이었을까.

너는 울었다

너는 울었다,
나의 불행을 보고.

나도 울었다,
나를 슬퍼하는 너의 동정이 가슴에 사무쳐.

그러나 너는
너 자신의 불행 때문에 운 것이 아닐까?

너는 너 자신의 불행을
내게서 보았을 뿐.

이반 세르게예비치 투르게네프

러시아의 알려진 소설가 가운데 한 사람. 더불어 산문시도 다수 남겼다. 소설과 시를 병행하기는 쉽지 않은 일인데 그걸 용케 해냈다. 시에서 너그러운 인간애를 읽곤 한다. 마음이 따뜻해진다. 작가 자신의 삶의 지향이 그러했을 터.

시에서 가장 좋은 상태는 엠퍼시empathy, 감정이입感情移入 상태. 저마음이 내 마음이야 하는 상태. 예쁜 소녀일까. 시인을 보면서 우는 아이가 있다. 그 동정을 느끼며 시인도 따라서 운다. 너는 나다. 너와 내가 둘이 아니다.

나무

지금은 황혼
나무처럼 사랑스런 시를
이전에는 보지 못했네.

단물이 흐르는 대지의 젖가슴에
목마른 입술을 대고 있는 나무.

온종일 하느님을 바라보며
잎이 무성한 팔을 들어 기도하는 나무.

여름에는 제 머리칼에
지빠귀새 둥지를 틀게 하고

눈이 내리면 안아주고
여름비하고도 친하게 지내는 나무,

시는 나 같은 바보가 쓰지만
나무를 기르는 건 오직 하느님뿐이시네.

조이스 킬머

일찍이 모든 시인들은 나무를 노래했다. 아니다. 나무의 마음을 시로 쓴다. 그렇지 않으면 시인이 아니다. 지상에서 가장 선하고 아름다운 존재는 나무다. 아니다. 나무가 시인이고 시인은 그의 제자이거나 심부름꾼이다.

그 오묘한 세계를 시인 조이스 킬머도 보았다. 마음이 맑고 영성이 뛰어난 사람이다. 나무를 통해 하느님의 세상을 읽었다. 진짜 시인의 나라를 보았다. 시인들은 나무를 찬양할 일이다. 나무를 배워야 할 일이다. 그러면 나무가 시를 가르쳐주리라.

씨 뿌리는 계절, 저녁때

지금은 황혼
나는 황홀히 바라본다, 문턱에 앉아.
노동의 마지막 시간이
비춰주는 하루의 나머지를.

밤이 미역 감긴 대지에서
나는 감동해서 바라본다.
미래의 수확을 밭고랑에
한 줌 가득 던지는 누더기 입은 한 노인을.

그의 키 큰 검은 실루엣은
어둠이 짙은 밭을 지배한다.
어느 만큼 그는 유익한 날들이
하루하루 지나감을 믿어도 좋으리.

그는 넓은 들판을 걷는다.
오가며 씨를 멀리 뿌린다.
손을 다시 펴서는 다시 시작한다.
그리고 나는 생각에 잠긴다.

눈에 띄지 않는 증인이 되어서.

그러는 동안, 막을 내리며
어둠은, 소란한 소리와 뒤섞여
씨 뿌리는 농부의 장엄한 모습을
하늘의 별까지 뻗치는 듯하다.

빅토르 마리 위고

빅토르 마리 위고. 프랑스 시인이자 소설가. 아무래도 거장이다. 우
리에게는 『레미제라블』이란 소설로 알려졌다. 나도 중학교 시절 학
원사의 문고판으로 나온 『장발장』이란 이름으로 소설을 읽은 기억
이 있다.
파란만장한 생애를 살았지만 끝까지 인도주의를 지켰던 그답게 사
람에 대한 신뢰와 자연에 대한 외경을 시로 썼다. 역시 주제며 배
경이 크고 넓다. 무엇보다도 인간에 대한 신뢰의 마음이 읽힌다. 어
둠 가운데서도 마음이 따스해진다.

결혼생활

서로 사랑하십시오. 그러나 사랑에 매이지는 마십시오.
차라리 당신들 영혼 기슭 언저리에 출렁이는 바다를
한 채씩 놓아두십시오.

서로의 잔을 채우되
어느 한쪽의 잔만을 마시지는 마십시오.
서로 자기가 가진 빵을 나누되
어느 한 편의 빵만을 먹지는 마십시오.

함께 노래하고 춤추며 즐거워하되
당신들 서로는 고독해야 할 것이요.
비록 하나의 음악을 울릴지라도 외로운 기타의 줄처럼.

서로의 가슴을 주십시오.
그러나 간직하지는 마십시오.
오로지 삶의 손길만이 당신들 가슴을 간직할 수 있답니다.

함께 서 있으시오, 그러나
너무 가까이 서 있지는 마십시오.

사원의 기둥들도 서로 떨어져 서 있는 것처럼 말이요
참나무, 사이프러스나무도 서로의 그늘 속에서는 자랄 수
없답니다.

칼릴 지브란

―――――

칼릴 지브란. 일찍이 함석헌 선생의 번역으로 된 『예언자』란 책으
로 만났던 시인이다. 무언가 신비한 듯한 분위기를 거느리고 있는
시인. 사랑의 지침서 같은 내용이다. 권장 사항도 있지만 금기 사항
도 있다.
금기는 적극적인 권장의 반어법이기도 하다. 사랑 앞에 이런 금기
의 말들이 귀에 들어오기나 할까. 그렇지만 이런 말을 자꾸만 읽고
외우다 보면 사랑의 성숙이 조금씩 가까워지지 않을까. 인간은 참
철이 늦은 생명이다.

편도나무에게

어느 날 나는
편도나무에게 부탁했네

공손한 마음으로
정성을 다해

편도나무여 나에게
천국을 보여주지 않겠니?

그러자 편도나무는
꽃을 활짝 피웠네.

니코스 카잔차키스

니코스 카잔차키스는 그리스의 탁월한 소설가. 그런데 이렇게 울림이 깊은 문장을 남기기도 했다. 처음 나는 이 문장을 김남조 선생이 편집한 잠언록에서 보았다. 그런 뒤로 외우는 몇 개 안 되는 문장으로 남았다.

입에 담고 외우다 보니 내 방식대로 문장이 윤문潤文이 되었다. 외울 때마다 내 마음속에서도 한 그루 나무가 자라 꽃을 피우는 듯 가슴이 환해지는 느낌을 받는다. 보이지 않는 그 어떤 신성神性을 느낀다. 좋은 일이다.

정원사

백 년 뒤에 내 시를 읽을 독자여
당신은 누구십니까?

지금 이 화려한 봄날 아침
내 정원에 만발한 꽃 한 송이도
그대에게 전해줄 순 없습니다.
저기 저 구름 사이에 비쳐 나오는
눈부신 황금 햇살도 보여줄 수 없습니다.

그러나 당신은 창문을 열고
창밖의 정원을 내다보세요!
바로 당신의 꽃 피는 정원에서
백 년 전에 사라진 이 꽃향기의
흔적으로 찾아보세요.

라빈드라나트 타고르

시에 대한 시. 오래전에 살았던 시인이 오늘의 독자들을 위해서 미리 남긴 축복의 말씀. 위대한 사람은 무언가 달라도 다르다. 오늘의 일만 보는 게 아니라 내일의 일도 철저히 본다. '나'의 일만 챙기는 게 아니라 '너'의 일도 챙긴다.

그래서 훌륭한 것이다. 시를 매개로 해서 과거와 현재가 이어진다. 시인은 말한다. 시 안에서만 시를 읽지 말고 자연 속에서 찾으라고. '당신의 꽃 피는 정원에서/ 백 년 전에 사라진 이 꽃향기의/ 흔적으로 찾'으라고. 그것이 진정한 시다.

가을

잎이 진다, 하늘나라 먼 정원이 시들 듯
저기 아득한 곳으로 떨어진다
거부하는 몸짓으로 잎이 진다

그리고 밤에는 무거운 지구가
모든 별들로부터 고독 속으로 떨어진다

우리 모두가 떨어진다, 여기 이 손도 떨어진다
다른 것들을 보라 떨어짐은 어디에나 있다

하지만 이 한없는 추락을 부드럽게
두 손으로 받아주시는 어느 한 분이 있다

라이너 마리아 릴케

아, 나는 소년 시절 릴케의 시를 얼마나 좋아했던가. 그가 쓰는 시 작품 하나만이라도 쓰고 싶었다. 그의 모든 이야기나 생애는 나의 신화가 되었고 베일 속 비밀이 되었다. 하기야 이런 마음이 나 혼자만의 것이었으랴.

한국인이 사랑한 시인 가운데 한 사람이었던 릴케. 언뜻 들으면 여성 같은 이름, 이름 자체가 시처럼 느껴지곤 했다. 가을의 시. 한 편의 기도이다. 마음이 멀리 간다. 맑아진다. 고개가 벌구어신다. 우리도 하나씩 낙엽이다.

내가 죽거든

사랑하는 사람이여, 내가 죽거든
나를 위해 슬픈 노래를 부르지 마셔요
무덤의 머리맡에 장미꽃을 심어 꾸미지도 말고
그늘진 사이프러스나무 같은 것도 심지 마셔요

비를 맞고 이슬에 담뿍 젖어서
다만 푸른 풀들만 자라게 하셔요
그리고…… 당신이 원하신다면 나를 생각해주시고
잊고 싶으면 잊어주셔요

나는 푸른 그늘을 보지 못할 것이며
비 내리는 것도 느끼지 못할 겁니다
종달새의 귀여운 울음소리도
또한 나는 듣지 못할 겁니다

아무것도 들리지 않고 또 보이지 않는
어둠 속에 누워 꿈이나 꾸면서
다만 당신을 생각하고 있으렵니다

아니에요, 어쩌면 나도 당신을 잊을지도 모르겠어요

크리스티나 로제티

아, 유언이다. 이다음 죽어서 있을 일들을 말하고 있다. 자기가 죽은 뒤 무덤을 만들고는 그 무엇도 장식하거나 꾸미지 말라는 부탁. 왜 그럴까? 죽은 다음에 그런 것들이 무슨 필요가 있겠느냐는 허무감에서 그런 것일까.

글쎄, 이미 죽은 사람인데 그런 부탁이나 당부가 무슨 소용이란 말인가. 어쩌면 극진한 부탁이나 당부를 이런 식의 반어법으로 표현하는 건 아닐까 모르겠다. 애상이다. 하지만 조금 포근하고 달콤하기까지 한 애상. 이러한 애상을 통해 우리는 동병상련의 위로를 얻기도 한다.

꽃을 꺾기 위해서 가시에 찔리듯

사랑을 구하기 위해서는

내 영혼의 상처도 감내하겠네

……

상처받기 위해 사랑하는 게 아니라

사랑하기 위해 상처받는 것이기에

3

사랑하기 위해
상처받는 것이기에

우연

나는 하늘의 한 조각 구름

어쩌다 그대 물결치는 마음에

그림자를 드리우더라도

놀라지 마세요

기뻐하지도 마세요

순식간에 흔적도 없이 사라질 테니까요

그대와 나 어두운 밤바다에서 만났지요

그대는 그대의 길이, 나는 나의 길이 있어요

그대가 나를 기억하는 것도 좋겠지만

더 좋은 것은 나를 아예 잊는 일

우리가 만났을 때 쏟아졌던 눈부신 빛조차도.

쉬즈모

놀랍다. 공산주의가 한창 일어나던 시절에, 중국의 이런 시와 시인이 있었다니. 그러기에 한때 핍박을 받고 뒤에 또 복권되고 그랬을 것 같다. 중국 현대시의 기원이 되는 시인이란다. 그런데 내가 몰랐던 것은 오로지 내 무관심과 무식의 탓이다.

좋은 가문에서 태어난 엘리트로 한꺼번에 여러 여성과의 사랑으로도 소문이 등등했으며 결국 비행기 추락 사고로 요절했다고 한다. 시인의 삶처럼 멜랑콜리하고 자유분방한 시. 사랑의 문상이나. 얼핏 여성 시인의 시를 읽는 느낌이 든다.

상처

나는 덤불 속에 가시가 있다는 것을 알지만
그렇다고 꽃을 찾던 손을 멈추지는 않겠네.
그 안의 꽃이 모두 아름다운 것은 아니지만
만약 그렇게라도 하지 않는다면
꽃의 향기조차 맡을 수 없는 것이기에.

꽃을 꺾기 위해서 가시에 찔리듯
사랑을 구하기 위해서는
내 영혼의 상처도 감내하겠네.
상처받기 위해 사랑하는 게 아니라
사랑하기 위해 상처받는 것이기에.

조르주 상드

이 사람은 보다 본질적이고 용기가 있는 사람이다. 가시덤불 속에 가시가 있다는 걸 알지만 결코 꽃을 찾는 손길을 멈추지 않겠다는 자각. 귀한 것이다. 당당한 것이다. 그야말로 젊은이의 특권이요 용기다.

'상처받기 위해 사랑하는 게 아니라/ 사랑하기 위해 상처받는 것이기에.' 이러한 구절은 몇 번이고 외우다 보면 우리에게도 그런 용기가 조금씩 돌아오지 않을까. 이럴 때 시는 참 유용하다.

프랑스 낭만주의 시대 사랑의 여신. 님장뇌인. 연하남인 시인 뮈세, 음악가 쇼팽과의 모성애적 사랑은 전설적이다.

청명한 공기

나는 내 앞을 보았네
군중 속에서 나 너를 보았고
밀밭 사이에서 나 너를 보았고
나무 밑에서 나 너를 보았네

내 모든 여행의 마지막에서
내 모든 고통의 밑바닥에서
물 속에서 불 속에서
떠오르다 감도는 내 모든 웃음 속에서

여름에도 겨울에도 나 너를 보았고
나의 집에서 나 너를 보았고
나의 품 안에서 나 너를 보았고
나의 꿈 속에서 나 너를 보았네

나 이제는 네 곁을 떠나지 않겠네.

폴 엘뤼아르

사랑 노래치고서는 대단한, 광폭廣幅의 사랑 노래다. 자기의 생활 모든 공간과 과정을 통해 사랑하는 사람을 보았다고 밝힌다. 듣거나 만진 것도 아니고 줄창 보았다고만 말한다. 본다는 인간 행위가 그렇게 사랑과 관계가 깊다.

광활한 느낌. 읽는 마음에게도 자유와 해방감을 안긴다. 적덕積德이다. 노래를 듣는 듯 프랑스 사람들의 낭만이 그렇다. 그렇게 여러 곡절 끝에 사랑하는 사람을 떠나지 않겠다는 고백. 참 아름나운 외곬이다.

통행금지

어쩌란 말이오 문에는 감시병이 있었소
어쩌란 말이오 우리는 갇혀 있었소
어쩌란 말이오 통행은 금지되어 있었소
어쩌란 말이오 시가는 정복되어 있었소
어쩌란 말이오 시내는 굶주리고 있었소
어쩌란 말이오 우리에겐 무기가 없었소
어쩌란 말이오 어두운 밤이었소
어쩌란 말이오 우리는 서로 사랑했소

폴 엘뤼아르

보다 심각한 상황이다. 여전히 갇혀진 '밤의 파리'. 독일군의 야간
공습이 파리 하늘을 덮을 때. 그 절망과 고통을 썼다. 여덟 차례나
반복되는 '어쩌란 말이오'라는 독백이 그것을 잘 표현해주고 있다.
변주다. 마음의 변주. 마음이 조금씩 몸을 바꾼다. 절망에서 소망
으로. 구속에서 해방으로. 아니, 그렇게 하고 싶어 한다. 그리하여
사랑의 대목에 다다르지만 더욱 큰 고통의 나락으로 떨어진다. 아,
어쩌란 말이오. 한탄이 나온다.

핑크

아침 일찍 꽃다발을 만들어서
사랑하는 여자에게 보냈다
이름도 밝히지 않고
꽃을 꺾은 이도 말하지 않고

그러나 그날 밤 살그머니
파티장에 가서 보니
그녀는 핑크빛 꽃을 가슴에 달고
나를 알아보고 웃어주었다.

아우구스트 슈트람

————

사랑의 노래다. 그것도 매우 귀엽고 앙징맞은. 두 사람 모두 귀엽고
사랑스럽다. 아, 요런 녀석들 좀 봐. 웃음이 절로 나온다. 인생의 갈
피에는 이런 대목도 있었나 보다. 이심전심, 사랑은 그렇게 전해지
고 숨을 쉰다. 한 장의 아름다운 인생 삽화. 한 남자가 아침에 꽃다
발을 만들어 익명匿名으로 한 여자에게 선물한 것. 그런데 그 여자
가 꽃다발외 꽃 하니를 자기 기슴에 꽂고 파디깅에 나있다는 깃.
그래서 사랑은 핑크빛으로 완결된다.

어느 날 바닷가 모래밭에

어느 날 바닷가 모래밭에 그녀 이름을 썼더니 파도가 밀려와 그 이름 지워버렸네.

다시 한번 그녀 이름 써보았지만 물결이 밀려와 내 수고를 헛되게 만들었네.

그녀가 말하길 "안쓰러운 분, 헛수고예요. 덧없는 걸 영원한 것으로 만들려 하시다니. 저 자신 그처럼 스러져 죽어가고 제 이름 역시 그처럼 씻겨갈 거예요."

나는 말했네. "그렇지 않아요. 하찮은 것들은 스러져 흙이 되라 하고 당신 이름만은 살아남게 하리다. 나의 시가 그대의 귀한 미덕, 영원케 하여 그대의 빛나는 이름 하늘에 써놓으리다. 죽음이 온 세상을 지배한다 하더라도 하늘에서 우리 사랑 살아남아 새로운 삶을 살아가도록 말입니다."

에드먼드 스펜서

와, 아름답다. 이 도로徒勞. 쓸데없는 노력. 인간은 때로 이렇게 쓸데없는 일, 그 도로에 목숨을 걸기도 한다. 그래서 인간이다. 밥을 먹기 위해서만 산다면 얼마나 불쌍한 존재인가. 적어도 인간은 밥을 위해 사는 것이 아니라 살기 위해 밥도 먹는 것이다.

밥 위에 높이 있는 그 무엇! 이름이야 아무래도 좋겠다. 돈과 물질 위에 아스라이 높이 있는 것. 그것을 위해서도 인간은 산다. 더욱 치열하게 산다. 때로 그것을 사랑이라 불러보자. 하늘의 별 위에 새긴 이름. 사람은 죽어도 영원히 죽지 않을 마음. 시인의 허풍이 결코 헛되지 않기를 빈다.

첫 아침

나무껍질마다 새겨두리,
조약돌마다 새겨두리,
새로 만든 화단마다 뿌리리,
미나리씨를 뿌려 어서 내 비밀을 드러내고 싶네,
하얀 종이 쪽지마다 써놓겠네,
나의 마음은 당신 것, 영원히 당신 거라고.

어린 찌르레기를 길들여,
맑고 순수하게 노래하게 하겠네,
내 목소리로 하듯 말하게 하겠네,
내 가슴에 가득 찬 뜨거운 열정을 말하게 하겠네,
그러면 찌르레기는 그녀의 창가에서 맑게 노래하겠지,
나의 마음은 당신 것, 영원히 당신 것이라오.

아침 바람에게도 그 말을 새겨주고 싶네,
잠 깨는 숲에게도 그 말을 속삭이고 싶네,
오, 별 모양의 꽃마다 그 말이 반짝였으면!
냇물아, 너는 물방아 돌리는 재주밖에 없니?

빌헬름 뮐러

사랑의 찬가. 사랑의 기쁨에 벅찬 사람이 부르는 사랑의 노래다. 때로 사랑은 정상적인 사람을 비정상적으로 만든다. 꿈꾸게 한다. 전혀 다른 사람으로 바꾼다. 사람이 한 시절 그런 마음이 없었다면 그는 인생을 헛되게 산 사람이다. 이 세상에 잘못 초대된 사람이다.

첫 꿈이다. 인생의 첫 페이지를 여는 어린 사랑이고 꿈이다. 당연히 가슴 벅찰 수밖에 없는 일. 사랑의 기쁨이 얼마나 벅차면 그 기쁜 마음을 나무껍질에 새기고 소약돌마다 새기고 화단에 뿌리고 하얀 종이마다 적어놓겠다 했을까.

슬픈 노래

― 내 사랑이여 ― 하고 네가 말하면,
― 내 사랑이여 ― 라고 나는 대답했네.
― 눈이 내리네 ― 하고 네가 말하면,
― 눈이 내리네 ― 라고 나는 대답했네.

― 아직도 ― 하고 네가 말하면,
― 아직도 ― 라고 나는 대답했네.
― 이렇게 ― 하고 네가 말하면,
― 이렇게 ― 라고 나는 대답했네.

그 뒤, 너는 말했네 ― 사랑해.
나는 대답했네 ― 나는 너보다 더 많이 ― 라고.
― 여름도 가는군 ― 네가 내게 말하자,
― 이제 가을이야 ― 라고 나는 대답했네.
어느 날 마침내 너는 이렇게 말했네.
― 오, 내가 얼마나 너를 사랑하는데……
그래서 나는 대답했네.
―다시 한번 말해봐…… 다시 한번 더……
(그것은 어느 가을날, 커다란 노을이 눈부신 저녁이었네.)

프랑시스 잠

프랑스의 전원 시인. 우리나라의 아름다운 시인 백석과 윤동주도
마음 깊이 사랑했던 시인. 식물성이면서도 평화롭고 고요하기까지
한 인생을 살면서 또 그런 시를 썼던 시인. 인생과 시가 서로 모순
되지 않기는 그리 쉬운 일이 아니다. 나 또한 사랑하지 않을 수 없
었던 시인.

사랑하는 사람 '너'를 불러 대화하는 걸로 시가 구성되어 있다. 대
부분은 같은 말의 되풀이. 그런데도 울림이 증폭되는 건 참 묘한
일이다. 사랑한다는 말, 그 말은 들어도 들어도 싫지 않은 말. 그런
데 왜 '슬픈 노래'일까? 어쩌면 사랑 그것의 기쁨을 반어법으로 나
타낸 건 아닐까.

미뇽

그리움의 뜻을 아는 사람만이
나의 슬픔을 알 수 있겠네!
세상 모든 즐거움에서
나만 홀로 떠나 있어
저편 하늘만 바라보는데
나를 알고
나를 사랑하시는 이
머나먼 곳으로 가버렸네.
아아, 눈앞이 캄캄하고
내 가슴 불타는 듯하네.
그리움의 뜻을 아는 사람만이
나의 슬픔을 알 수 있으리.

요한 볼프강 폰 괴테

괴테란 인물을 내가 제대로 알게된 것은 2007년 병원에 6개월 장기 환자로 입원해 있을 때. 병세가 호전되어 병원 지하층 서점에서 책 한 권을 사서 읽었는데 그 책이 바로 괴테의 『이탈리아 기행』. 그야말로 전인적 인간. 그 품이 놀라웠다.

그것은 병으로 조그마해진 내가 더 조그마해지는 순간이었다. 시인으로서의 괴테. 오로지 사랑스럽다. 이분은 나이를 암만 먹어도 사랑스럽다. 꿈을 꾼다. 늙지 않고 죽지도 않는나. 사랑의 기쁨이 지극하면 슬픔이 되기도 하리라.

매기의 추억

바이올렛 꽃향기가 숲속에 가득 퍼지네, 매기
그 아름다운 향기가 산들바람을 타고 흐르고
내가 처음 오직 당신만을 사랑한다고 했을 때, 매기
당신도 나만을 사랑한다고 했지요.

밤나무들로 온 숲이 녹음으로 우거질 때, 매기
방울새가 저 멀리 나무 위에서 소리 높여 노래합니다.
내가 처음 오직 당신만을 사랑한다고 했을 때, 매기
당신도 나만을 사랑한다고 했지요.

줄지어 선 수선화들이 황금색으로 빛나며, 매기
풀잎들과 함께 춤을 추네요.
내가 처음 오직 당신만을 사랑한다고 했을 때, 매기
당신도 나만을 사랑한다고 했지요.

숲속에선 새들이, 매기
다가올 행복한 나날들을 노래합니다.
내가 처음 오직 당신만을 사랑한다고 했을 때, 매기
당신도 나만을 사랑한다고 했지요.

난 다시 돌아올 거라 했었고, 매기
우리는 영원히 행복할 것이었죠.
내가 처음 오직 당신만을 사랑한다고 했을 때, 매기
당신도 나만을 사랑한다고 했지요.

그러나 바다는 너무나 드넓었고, 매기
우리는 그렇게 멀었다는 걸 알지 못했었죠.
내가 처음 오직 당신만을 사랑한다고 했을 때, 매기
당신도 나만을 사랑한다고 했지요.

우리의 꿈은 이루어지지 않았고, 매기
우리의 다정했던 희망도 사라졌지만
내가 처음 당신에게 말했을 때
당신도 나만을 사랑한다고 했지요.

조지 존슨

「매기의 추억」이란 노래는 내가 평생을 두고 사랑하는 노래다. '옛날에 금잔디 동산에'로 시작되는 노래. 그런데 음악평론가 임진모 씨가 해설한 음악 CD의 책자를 보니 그 노래가 다른 가사로 나와 있었다. 매우 아름다웠다.

캐나다 출신 조지 존슨이란 사람이 학교 선생을 하다가 제자로 만난 매기 클라크란 여성과 사랑하는 사이가 되지만 병으로 여인이 세상을 떠나는 바람에 슬픔과 추억에 잠긴다는 내용. 세상과 사람을 떠나도 시와 노래는 이렇게 영원하다.

눈

시몬, 눈은 너의 목처럼 희고
시몬, 눈은 너의 무릎처럼 희다.

시몬, 너의 손은 눈처럼 차고
시몬, 너의 가슴은 눈처럼 차갑다.

눈은 불의 키스에만 녹고
너의 가슴은 이별의 키스에만 녹는가?

눈은 소나무 가지에서 슬픈데
너의 이마는 밤빛 머리칼 밑에서 슬프구나.

시몬, 너의 동생 눈은 정원 속에 잠들고 있다.
시몬, 너는 나의 눈, 나의 사랑.

레미 드 구르몽

젊은 시절, 가슴이 푸르고 아득하고 뿌연 안개 같은 것에 싸여 있던 시절, 먼 항구의 흐릿한 고동 소리를 듣던 시절. 그 시절에 나는 이런 시들을 흘깃거리며 그 목마른 세월들을 달래곤 했다. 생각해 보면 그 또한 애달픈 대로 행복한 시절이었다.

시몬. 혹은 시몬느. 화자(시인)가 남성이니까 당연히 여성의 이름이 겠지. 아무렇지도 않은 누군가의 이름이 그 다음에 오는 수식들로 하여 대번에 단아하면서도 차갑도록 아름다운 여성으로 바뀐다. 그렇게 변신한 여성은 읽는 이의 가슴으로 옮겨와 거만한 애인이 되기도 한다.

하이쿠

그네 위에서 애교 있는 인사여 저 높은 곳에서

•

그만 자구려 선잠 깬 남편의 말 밤 다듬이질

•

첫사랑이여 등불에 마주 대는 얼굴과 얼굴

탄 타이키

일본의 하이쿠 가운데는 사랑스런 글이 많다. 그중에서 가장 아름다우면서도 사랑스런 글은 탄 타이키란 시인의 하이쿠. 생활적이면서도 인간적이다. 일상생활 속에서 시의 소재를 끌어왔다. 그러므로 우리의 것과 별로 다르지 않다.

이것이 바로 인류 보편성. 짧은 글이지만 그 안에 하나의 세상이 들어 있다. 위에 가져온 글 가운데에도 편편마다 주인공이 다르다. 글 너머의 세상을 상상하면 미소가 절로 나온다. 시인이 본 세상을 우리가 다시금 보는 까닭이다.

소네트·18

그대를 한번 여름날에 비유해볼까?

하지만 그대는 여름보다 더 사랑스럽고 유순한 사람.

거센 바람이 오월의 어여쁜 꽃봉오리를 흔들고,

여름은 너무나 짧구나.

때로는 태양이 너무 뜨겁게 내리쬐고

그의 황금빛 얼굴은 흐려지기도 하여라.

우연이나 가식 없는 자연의 변화로

어떤 아름다움도 예외 없이

그 아름다움이 기울어진다.

그러나 그대의 영원한 여름은

결코 사라지지 않을 것이며

그대가 지닌 그 아름다움도 잃어지지 않으리라.

죽음도 그대가 자기 그늘 속에서 헤맨다고 자랑하지 못할
지니.

그대가 영원한 시 속에 동화되는 날,

인간이 숨을 쉬고 볼 수 있는 눈이 있는 한

이 시는 살아서 그대에게 생명을 주리.

윌리엄 셰익스피어

나에게 셰익스피어의 소네트를 알려준 사람은 김예원이란 젊은 친구다. 그녀는 나와 함께 『당신이 오늘은 꽃이에요』란 책을 쓴 작가인데 셰익스피어의 소네트를 읽어보면 인간이 영원히 사는 길에 대한 언급이 나와 있노라 알려주었다.

자식과 사랑과 시. 특히 시에 사랑하는 마음을 넣어서 쓰면 그 시가 사라지지 않는 한 사랑하는 사람도 영원히 살아남는 거라고 말해주었다. 그 말 자체가 참 사랑스럽다는 생각. 후생가외後生可畏란 공자님 말씀이 헛되지 않다.

※ 소네트sonnet. 14행의 짧은 시로 이루어진 서양 시가. 우리말로 하면 소곡小曲 정도가 될 것이다.

내 사랑은

시간은 기다리는 사람에게는
너무나 느리게 옵니다
시간은 용기 없는 사람에게는
너무나 빠르게 옵니다
시간은 슬퍼하는 사람에게는
너무나 길게 옵니다
시간은 기뻐하는 사람에게는
너무나 짧게 옵니다
그러나 사랑하는 사람에게는
시간은 영원히 올 것입니다

존스 베리

126

시간과 사랑. 무슨 관계가 있을까? 얼핏은 무관하지만, 사랑은 어디까지나 시간 안에 깃들어 숨을 쉬는 존재다. 사랑은 시간이 데리고 오고, 시간이 데리고 가는 그 무엇이다. 말하자면 시간이 강물이라면 사랑은 나룻배라 할 것이다.

시인은 말한다. 아니 꿈꾼다. 기다리는 사람, 용기 없는 사람, 슬퍼하는 사람, 기뻐하는 사람에게는 각각 서로 다른 여러 가지 모양새로 시간이 오시만 사랑하는 사람에게는 영원히 오는 시간이라고. 정말 그랬으면 좋겠다.

리리이에게

정다운 리리이여, 너는 오래도록
나의 즐거움이었다, 노래였다.
지금 너는 나의 괴로움이지만
그러나 여전히 나의 노래다.

요한 볼프강 폰 괴테

––––––––

괴테란 사람은 알다가도 모를 사람이다. 아니다. 모르다가도 알 만
한 사람이다. 특별한 사람이었다고 전한다. 프랑스의 거만한 군주
나폴레옹까지도 괴테의 시를 읽고서 비로소 '독일 말로도 아름다
운 시가 씌어지는구나' 말했다고 할 정도니까.
나도 저 마음을 짐작한다. 저 모순을 안다. 사랑은 떠났지만 여전히
그 사랑을 보내지 못한 자의 괴로움. 그 괴로움이 괴로움만이 아닌
노래로 맴돈다는 것! 그것은 축복이요 저주였다. 젊은 날뿐만 아니
라 평생을 두고 끝없이 이어지는.

첫사랑

아, 누가 그 아름다운 날들을 다시 가져다줄 수 있으랴,
저 첫사랑의 날.
아, 누가 그 아름다운 때를 다시 돌려줄 수 있으랴,
저 사랑스러운 때.

단, 한 조각이라도 돌려줄 수 있다면!
쓸쓸히 나는 이 상처를 보듬고 있다.
끊임없이 솟아나는 가슴속 한탄과 더불어
잃어버린 행복을 슬퍼한다.

아, 누가 그 아름다운 날들을 가져다줄 수 있으랴!
그 즐거운 때.

요한 볼프강 폰 괴테

괴테가 그런 사람이다. 세상의 축복을 있는 대로 받은 사람. 그 축복을 다시 문학작품으로 남겨 세상을 두고두고 축복해주는 사람. 괴테의 문장에서는 언제나 빛이 나온다. 그것이 독일 말을 떠나 다른 나라 말이 된 뒤에도 말이다.

첫사랑의 기쁨. 그 설레임과 한탄, 후회스러움과 아쉬움과 다시금 안타까움. 누군들 안 그랬으랴. 짐짓 모른 척하고 넘기고 또 모르고 넘어갈 따름이다. 꿈같이 흘러간 날들. 그때 나는 진실로 나였고 너는 참 어여쁜 나의 사람이었다.

애너벨 리

아주 아주 오랜 옛날
바닷가 한 왕국에
애너벨 리라고 불리는
한 소녀가 살았다네.
나를 사랑하고 내 사랑받는 일밖에는
아무런 다른 생각도 없는 그녀가 살았다네.

나 어렸었고 그녀도 어렸었지,
바닷가 이 왕국에.
그러나 나와 나의 애너벨 리는
사랑 이상의 사랑을 하였다네.
천국의 날개 달린 천사들도 그녀와 나를
부러워할 만큼.

그것이 이유였지, 오래전,
바닷가 왕국에
바람이 구름으로부터 불어와
내 아름다운 애너벨 리를 싸늘하게 하였디네.
그리하여 그녀의 지체 높은 친척들이 찾아와

내게서 그녀를 데려가

바닷가 이 왕국의 무덤에

가둬버렸다네.

하늘나라에서 우리의 반쯤밖에 행복하지 못한 천사들이

그녀와 나를 시기한 탓이었네.

그렇지! 그것이 이유였지. (바닷가 이 왕국의 모든 사람들이 알

고 있듯이)

구름으로부터 바람이 불어와

나의 애너벨 리를 숨지게 한 것은.

그러나 우리의 사랑은 훨씬 더 강했었네

우리보다 나이 많은 사람들의 사랑보다도

우리보다 현명한 사람들의 사랑보다도.

그리하여 하늘나라 천사들도

바다 밑 악마들도

나의 영혼을 아름다운 애너벨 리의

영혼으로부터 떼어놓을 수 없었다네.

달빛도 내가 아름다운 애너벨 리의
꿈을 꾸지 않으면 비추지 않고
별빛도 내가 아름다운 애너벨 리의 빛나는
눈을 바라보지 않으면 반짝이지 않네.

그래서 나는 밤이 지새도록
나의 사랑, 나의 사랑, 나의 생명,
나의 신부 곁에만 누워 있네.
바닷가 그곳 그녀의 무덤에
파도 소리 들리는 바닷가 그녀의 무덤에.

에드거 앨런 포

가슴이 벅차오른다. 지금도 이 시를 읊조리면 가슴이 두근거린다.
뜨거워진다. 나의 소년은 회복되고 그리움은 돌아오고 미지의 한
어여쁜 사람이 오뚝하니 서서 나를 바라보고 있다. 오, 애너벨 리.
에드거 앨런 포의 옛사랑.

선물

당신이 만일 바라기만 하신다면
나는 당신에게 드리려고 합니다.
아침, 나의 그 명랑한 아침과
또한 당신이 좋아하는
나의 빛나는 머리카락과
나의 푸르스름한 금빛 눈을.

당신이 만약 바라기만 하신다면
나는 당신에게 드리려고 합니다.
따사로운 햇살 비치는 곳에서
아침 해 눈뜰 때 들려오는 모든 소리와
그 근처에 있는 분수에서 들리는
흐르는 물줄기의 감미로운 소리를.

이윽고 찾아들 저녁노을과
내 쓸쓸한 마음으로 해서 얼룩진 저녁,
또한 조그만 내 손과
그리고 당신의 마음 가까이에
놓아두어야 할 나의 마음까지도.

기욤 아폴리네르

사랑은 함몰. 어딘가에 빠져서 나오지 못하는 상태. 사랑은 맹목. 무엇엔가에 홀려서 볼 것조차 제대로 보지 못하고 들을 것조차 제대로 듣지 못하는 경시. 그는 자신조차 자신의 것이 아니어서 사랑하는 사람의 식민지를 자청하는 사람.

그러한 사람이 꿈꾸는 것은 자신의 소중한 것을 사랑하는 사람에게 드리고 싶은 욕망. 주고서도 더 주지 못해 안달하는 마음이다. 선물은 사랑하는 사람들끼리 주고받는 은밀한 약속. 차라리 눌이 맞잡아 기르는 화분의 화초 같은 것.

새봄

꽃나무 아래 거닐다 보니
꽃따라 나도 꽃피네.
발걸음마다 휘청거리며
나 꿈속처럼 거니네.

오, 나를 붙잡아주오, 제발!
그렇지 않으면 나 사랑에 취해
당신 발아래 쓰러질 것만 같아요.
정원에 사람들 이렇게 많은데 말이에요.

하인리히 하이네

136

매우 사랑스러운 시, 천진하고 귀여운 사랑 노래. 입술을 뾰로통하게 내민 한 아가씨가 떠오른다. 아무래도 사랑해주지 않고서는 배겨내지 못할 것 같은 아가씨다. 그 아가씨가 투정을 부린다. 어찌 들어주지 않을 수 있으랴.

예쁜 사람 앞에서는 무방비로 무너지고 마는 마음이 있다. 아니, 예쁜 사람이 먼저 무너지고 있다. 잡아주어야지. 그가 비록 어린 사람이고 철부지라 히더라도. 즐거운 너의 송이 되리니, 사랑이여. 너 언제까지나 예쁘게 웃고 있거라.

사랑의 노래

나의 고향은 어디에 있을까요?
나의 고향은 작습니다.
이곳에 있다가 저곳으로 옮겨갑니다.

나의 마음을 안고 함께 갑니다.
기쁨과 슬픔도 함께 있습니다.
나의 고향은 바로 당신입니다.

요한 크리스토프 프리드리히 폰 실러

독일 사람 실러의 시. 처음은 고향을 잃은 사람이 고향을 찾아가
는 것처럼 되어 있다. 중반을 지나서도 비슷한 느낌이다가 마지막
한 줄에서 반전이 온다. 시의 대상이 고향이 아니라 사랑하는 사
람, 바로 사랑에 관한 내용이라는 것이다.
반전은 놀라움을 준다. 기쁨을 준다. 인생도 반전이 있는 인생이
진정으로 성공한 인생이다. 이 시에서도 보면 현실의 고향이 마음
의 고향으로 바뀌면서 '당신'에게로 가서 결론이 난다. 따스한 안
착, 그러므로 '사랑의 노래'가 성립된다.

봄 같지 않은 봄

오랑캐 땅에는 땅에 꽃이 피지 않으니
봄이 와도 통 봄 같지 않아요
허리띠 저절로 헐거워진 것은요
몸매를 위해 그러한 것이 아니랍니다

동방규

———————

시를 쓴 사람은 중국 당나라 측천무후 시절, 좌사 벼슬을 한 사람
이라고 전한다. 본래는 오언율시. 다섯 자 넉 줄짜리 시, 다섯 편으
로 된 연작시 가운데 이 시는 마지막 연이다. 특히 이 가운데서도
'봄이 와도 통 봄 같지 않아요'가 유명하다.

이를 두고 옛날 어른들은 한자 그대로 '춘래불사춘春來不似春'이라
말씀하곤 했다. 허어, 춘래불사춘이야. 꽃샘추위로 으스스할 때 흔
히 하던 말씀 정녕 봄이 왔지만 봄 같지 않다는 믿음. 그 말은 참
그립도록 마음 아린 말이다.

선물

나는 한평생 살면서
첫사랑에는 웃음을,
둘째 사랑에게는 눈물을,
세 번째 사랑에게는 침묵을
선사했습니다.

그랬더니 첫사랑은
나에게 노래를 주었고
둘째 사랑은 내 눈을 뜨게 했고
오, 그러나 나에게 영혼을 준 것은
세 번째 사랑입니다.

사라 티즈테일

아, 여성 시인은 평생을 두고 세 번의 사랑을 했구나. 깔끔하고 명쾌한 성격의 소유자였던가 보다. 세 번의 사랑을 통해 세 개의 선물을 받았노라 고백한다.

① 웃음 → 노래. ② 눈물 → 개안. ③ 침묵 → 영혼.

점점 단계가 높아지고 깊어지는 사랑을 하고 또 거기에 상응하는 선물을 받았구나. 선물의 속성은 새것. 공짜로 받는 그 무엇. 내가 원하는 것. 아무리 나쁜 것이라 해도 그것을 선물이라 여기는 사람에겐 좋은 선물이 되겠다.

술 노래

술은 입으로 들어오고
사랑은 눈으로 들어온다

사람이 죽기 전에
알아야 할 것은 오직 이것뿐

나는 지금도 술잔에 입술을 대고
너를 바라보며 눈물을 글썽이고 있다

윌리엄 버틀러 예이츠

아일랜드 출신으로 노벨문학상을 수상한 시인. 시인에게는 더 유명한 작품이 있지만 나는 단연 이 시를 선택한다. 처음 제목으로만 읽으면 술에 대한 시라는 느낌이 들지만 읽다 보면 술은 사랑으로 바뀐다. 참 오묘한 느낌.

어찌 이런 좋은 문장을 외우지 않을 수 있으랴. 외우다 보면 사랑의 마음이 전해지면서 코끝이 찡해진다. 그렇다. 술은 입으로 들어오시만 사랑은 눈으로 늘어온다. 이것을 잊지 말자. 우리로 하여금 사랑은 영혼의 일이라 가르친다.

봄날의 꿈

꽃이 피어도 함께 볼 사람 없고
꽃이 져도 함께 볼 사람 없는 봄.
묻고 싶어요, 그대 어디쯤 계신지요?
꽃이 피고 또 지기도 하는 날에.

풀을 따서 한마음으로 엮어
내 마음 아는 그대에게 보내려고 합니다.
봄의 시름 이를 물고 끊으려 했건만
어디선가 다시금 새가 슬피 웁니다.

꽃잎은 날로 바람에 시들어가고
그대 만날 날은 아득히 멀기만 해요.
그대 마음과 내 마음 맺지 못하고
부질없이 풀잎만 묶어봅니다.

견딜 수 있을까요, 꽃가지 가득한 꽃잎.
안타까워라 그대 생각하는 마음이여.
눈물이 주르르 거울 앞에 떨어지는 아침
그대는 아시는지, 모르시는지요….

설도

우리나라 가곡 「동심초」의 원시原詩다. 중국 당나라 시절, 설도란
이름의 여성 시인의 「춘망사春望詞」란 시를 김안서 시인이 번안하
여 우리나라 가곡이 되었다. 당나라 시절이라면 통일신라 때다. 그
런데 이런 여성 시인이 있었다니!

'꽃잎은 하염없이 바람에 지고/ 만날 날은 아득타 기약이 없네/
무어라 맘과 맘은 맺지 못하고/ 한갓되이 풀잎만 맺으려는고/ 한갓
되이 풀잎만 맺으려는고'. 애절한 노래. 원진이란 남성과의 비련이
이런 시를 쓰게 했다고 한다.

서러워 마라, 머지않아 밤이 온다

그러면 우리 창백한 들판 저편으로

남몰래 웃음 짓는 싸늘한 달을 보게 되리라

······

오늘의 고독은 나의 것이고

너의 고독은 미래의 어느 때 올 것이라고

4

서러워 마라
머지않아 때가 온다

해 질 녘

아무도 없는 옆방에서
누군가 부른다, 마치 나인 것처럼

나는 서둘러 문을 연다
이쪽은 어두운데
그곳엔 밝게 햇살이 비치고 있어
지금 막 누군가 떠나간 참인 듯
그림자가 슬쩍 눈을 스친다
그러나 내가 쫓으면 이미 아무도 없고
별다를 것 없는 해 질 녘이 된다

꽃병엔 먼지가 쌓였다
창문을 여니 하늘이 밝은데 거기서도……
누군가 부른다, 나처럼.

다니카와 슌타로

해 질 녘, 하루해가 저물어 땅거미가 질 무렵은 그야말로 하늘과 땅이 만나는 시간. 교합의 시간. 매우 어지럽기도 하고 황홀하기도 한 시간. 그 시간이야말로 신비한 시각. 모든 것이 낯설고 서툴고 이상하기까지 하다.

어디선가 들리지 않던 소리가 들리는 것 같고 보이지 않는 것이 보이는 것 같다. 미세한 소리와 미세한 동작. 나 자신까지도 서툴고 낯설다. 누군가 서럽게 인사하면서 울면서 떠나는 일이 있을 것만 같은 착각. 실은 그 사람이 나 자신이다.

하이쿠

야, 치지 마라 파리가 손으로 빌고 발로도 빈다

•

고향이라고 만나는 사람마다 가시나무꽃

•

자아 이것이 마지막 거처인가 눈이 다섯 자

•

여윈 개구리 지지 마라 잇사가 여기에 있다

•

아기 참새야 거기 비켜 거기 비켜 말 지나간다

•

보릿가을에 아기 업고 정어리 파는 행상녀

•

사람도 하나 파리도 한 마리네 넓은 응접실

고바야시 잇사

잇사는 일본의 하이쿠 시인들 중에서 매우 독특한 시인이다. 평생
을 온갖 역경을 겪으며 가난하게 살았으며 끝내 불행하게 돌아간
시인이다. 하지만 하이쿠에 대한 열정만은 대단하여 아주 많은 하
이쿠를 썼으며 덕분에 영원히 죽지 않는 생명의 시인이 되었다.

잇사는 주로 약하고 버림받은 대상을 하이쿠의 시적 대상으로 삼
았다. 그런 대상을 통해 자신의 처지를 보았다. 그는 흔히 '파리의
시인'으로 불리고 '개구리의 시인'으로 불린다. 개구리와 파리를 소
재로 한 시가 특별하면서 감동적인 까닭이다.

*하이쿠는 5, 7, 5의 3구句 17자字로 된 일본 특유의 단시. 특정한 달이나 계절
 의 자연에 대한 시인의 인상을 묘사하는 서정시이다.

하이쿠

산길 가다가 어쩐지 귀엽구나 고운 제비꽃

•

고요함이여 바위에 스며드는 매미의 소리

•

낡은 못이여 개구리 뛰어드는 퐁당 물소리

•

벚꽃을 보면 온갖 일 떠오른다 이러저러한

•

부모님 모습 몹시도 그리워라 꿩 우는 소리

•

눈여겨 보라 울타리 밑 어여쁜 냉이꽃 폈다

•

새벽녘 산길 매화 향기에 불끈 떠오르는 해

•

이별이 슬퍼 보리 이삭 의지해 붙잡고 선다

마쓰오 바쇼

마쓰오 바쇼, 하이쿠의 성인. 평생을 독신으로 오직 하이쿠와 함께 살았다. 그리고 여행을 하며 인생 자체를 여행으로 알고 살았던 사람이다. 대신 좋은 제자를 많이 길러냈다. 아니, 만났다고 해야 옳을 것이다.

마쓰오 바쇼의 하이쿠는 인생 자체이고 또 자서전이다. 열일곱 글자로 모든 것을 표현해야 하는 하이쿠. 세계에서 가장 짧은 시. 축소지향형 일본인의 시. 바쇼의 시에는 마땅히 있을 것은 있지만 없을 것은 과감히 없다.

안서로 가는 원이를 전송하며

위성 땅 아침 비에
먼지가 젖고

객사 푸른 버들
비 맞아 더욱 푸름을 보며

나 그대에게 술 한 잔
다시 권하며 말하네

여기 양관을 벗어나면
옛 친구도 없을 것이네.

왕유

이 시는 내가 지인들과 떠난 중국의 실크로드 여행길, 돈황의 양관
(오늘날의 세관)을 찾아가는 길에서 만난 글이다. 커다란 누각을 통
해 밖으로 나갔을 때 느닷없이 거기 새하얀 대리석의 입상이 마주
나오고 그 옆에 돌덩이에 붉은 글씨로 새겨진 글이 바로 이 시였다.
대리석 입상의 주인공은 당나라 시인 왕유. 처음 보는 시였다. 이별
의 시. 실크로드 너머 사막 땅으로 친구를 떠나보내는 마음을 담
았다. 거기 가면 술 한 잔 나누자는 친구도 없을 것이니 내가 권하
는 술 한 잔 마시라는 말. 이런 때의 술은 그냥 술이 아니고 사람
의 마음 그것이다.

밤 바느질

내일 아침 인편 있다 하기에
밤을 새워 새 솜옷 짓습니다.

바늘 잡은 손 시립고
가위 잡은 손 떨리는 밤입니다.

만들어 먼 곳 보내기야 하겠지만
언제쯤 받아보실 수나 있을는지요……

이백

이태백, 이백이란 시인. 대단하다. 세상 모든 사람을 가슴으로 품어 안아주는 능력이 있다. 곡비哭婢라 했겠나, 빙의憑依라 했겠나. 여성이 아니면서 여성의 마음을 이토록 섬세하고 절실하게 쓰다니. 이게 무슨 재주란 말인가.

그래서 이태백이라고 말한다면 달리 둘러댈 말은 없다. 추운 겨울밤 멀리 있는 지아비에게 입힐 옷을 짓고 있는 아낙의 지극한 정성이여. 추위에 시립고 떨리지만 결코 가위 잡고 바늘 잡은 손을 멈출수 없는 사랑이여. 오늘엔들 멈추랴.

옛날을 생각함

포도가 또다시 꽃 필 때에는
포도주가 술통 속에서 흔들리고 있었다.
장미가 또다시 꽃 필 때에는
나도 모르겠다, 내가 어찌 될 것인지.

눈물은 볼에서 흘러내린다.
일을 할 때나 쉬고 있을 때나
다만 무어라 말하기 어려운 갈망이
가슴을 태우고 있음을 알 수 있을 뿐.

그리고 마지막엔 깨닫지 않을 수 없게 된다.
조용히 옛날을 생각해볼 때
이런 아름다운 날에
도리스가 나를 사랑해주었다는 것을.

요한 볼프강 폰 괴테

추억, 후일담이다. 이제는 흘러간 날들의 기억. 그 기억의 중심에 내가 사랑했던 사람이 있다. 어여쁜 사랑. 오로지 사랑스런 사람. 그때는 이름만 들어도 가슴이 뛰고 얼굴이 붉어지던 사람. 그러나 그날은 흘러갔고 그 사람의 기억도 멀어졌다.

이제 그날을 돌이켜보고 그 사람을 생각해보면 눈물이 흐른다. 사랑이 사라진 뒤에 오는 회한이다. 아쉬움이다. 안타까움이다. 어쩌면 아직도 그 사랑이 남아서 그런 것이리라. 아, 어찌하나. 어찌하면 좋단 말인가. 그 사람이 나를 사랑해주었던 기억만이 남아 나를 울린다. 그 사람도 지금 그러할까. 시인의 철없는 감상이 매우 사랑스럽다.

봄날의 슬픔

나라는 망했어도 산과 강물은 여전하여
봄이 온 성터에는 풀과 나무 푸르다.

세상이 어지러워 꽃을 보아도 눈물이 나고
이별이 한스러워 새소리에도 움찔 놀란다.

전쟁이 끝이 없어 봉홧불 석 달째 끊이지 않고
집에서 보내오는 편지는 황금보다 귀하다.

하얗게 세는 머리칼 빗을수록 짧아져
이제는 비녀 꽂기도 어렵게 되었구나.

두보

두보의 시. 전란 중에 가족으로부터 오는 소식(편지)을 그리워하며 쓴 글이다. 어차피 인생은 고달프고 힘겹고 때로는 어둡고 견디기조차 어려운 것. 그렇다 해서 포기해서는 안 되는 것이 또 인생. 그 다음에 올 행복이나 보답이 있어서가 아니다. 어려운 인생을 참고 견디며 사는 것 자체가 인생 본분이니까 말이다.

한시의 기법 가운데 하나는 전경후정前景後情. 앞부분에 경치, 객관을 쓰고 뒷부분에 마음, 주관을 쓰는 방식인데 이 시도 그리 표현되었다. 인간의 일이 이리도 황망한데, 자연과 경치만 아름다워 시를 읽는 오늘의 우리도 움찔 놀란 가슴 쓸어내린다. 후반부, '하얗게 세는 머리칼 빗을수록 짧아져/ 이제는 비녀 꽂기도 어렵게 되었구나渾欲不勝簪.' 이 한탄이 더욱 가슴에 메어온다.

인생의 비극은

인생의 비극은
목표에 도달하지 못한 것이 아니라
도달할 목표가 없는 데에 있습니다.

꿈을 실현하지 못한 채
죽는 것이 불행이 아니라
꿈을 갖지 않은 것이 불행입니다.

새로운 생각을 하지 못한 것이 불행이 아니라
새로운 생각을 해보려고 하지 않을 때
이것이 불행입니다.

하늘에 있는 별에 이르지 못하는 것이
부끄러운 일이 아니라
도달해야 할 별이 없는 것이
부끄러운 일입니다.

결코 실패는 죄가 아니며

바로 목표가 없는 것이 죄악입니다.

무명 시인

───────

그러니까 오래전, 학교 선생을 할 때 서울의 한 교육기관에 출장
갔을 때 강당의 벽에 쓰어 있던 글을 노트에 베껴서 가끔 읽던 글
이다. 원래는 인도 델리사원의 벽에 영문으로 작자 이름도 없이 쓰
여진 글이었디 한다. 그걸 우리말로 번역해서 데리고 온 건데 내가
또 데리고 다닌 셈이다.
무명씨의 글이라는데 상당한 교훈이 들어 있다. 시의 문장으로서
도 아름답다. 인생이 무엇인지, 희망이 무엇이고 꿈이 무엇인지 가
르쳐준다. 학교의 선생만이 선생이 아니다. 이런 글은 더욱 소중한
인생의 선생이다. '결코 실패는 죄가 아니며/ 바로 목표가 없는 섯
이 죄악'이라는 대목은 우리에게 그대로 깨달음이다.

1936년 10월, 파리

이 모든 것 중 떠나는 건 오직 나 하나뿐.
이 벤치로부터 나는 떠난다, 이 바지로부터,
나의 위대한 환경으로부터, 나의 행동으로부터,
조각조각난 나의 숫자로부터,
이 모든 것 중 떠나는 건 오직 나 하나.

엘리제 궁전으로부터, 아니면 그 모퉁이를 돌면
라 루나 거리 이상한 골목길로부터,
나의 사망이 떠난다, 나의 요람이 떠나간다,
사람들에 에워싸여, 혼자서, 혈혈단신으로,
나와 인간적으로 같은 사람이 돌아본다
그리고 하나씩 하나씩 자신의 그림자를 떨치고 간다.

이내 나는 모든 것으로부터 멀어진다, 왜냐하면 모든 것이
알리바이를 성립시키기 위해 남게 되니까.
나의 구두, 구두끈이 꿰어졌던 구멍, 또한 밑바닥이 진흙
그리고 아직 단추가 채워진 내 와이셔츠의
굽은 팔꿈치 자국까지.

세사르 바예호

_____

1936년은 어떤 해인가. 우리 기억으로 1936년은 베를린 올림픽에서 일장기를 가슴에 단 손기정 선수가 마라톤 경주에서 우승을 한 해다. 그것은 독일에서의 일이고 도대체 프랑스 파리에서는 무슨 일이 있었단 말인가. 제목에서부터 '1936년', 그리고 '10월', '파리'라고 명기했으니 말이다.

역사적 사건이든 당시의 사회상을 모른다 해도 무언가 많이 불안하고 어둡고 흔들리는 분위기인 것만은 분명하다. 그런 가운데 오직 나 하나만이 그곳으로부터 빠져나간다. 그러기를 열망한다. 알리바이, 부재증명을 위해서. 정신적 엑소더스가 일어나고 있는 현장이다.

해 질 무렵

둘은 구석진 밝은 방에 앉아 있었다.
저녁 해는 커튼 사이로 비쳐들고 있었다.
부지런한 네 손도 그때는 편안히 쉬고 있었고
네 이마는 붉은 햇빛에 물들고 있었다.

둘은 말없이 앉아 있었다. 이 즐거운 때에
무슨 말을 해야 하는지를 나는 알지 못했다.
옆방에서는 노인들이 이야기하고 있었고
너는 이상스런 눈빛으로 나를 바라보고 있었다.

아우구스트 슈트람

매우 사랑스런 시다. 조그맣지만 매우 아름다운 인생들이다. 해 질 녘. 그 시간은 인간이 가장 솔직해지고 가장 진지해지는 시각. 하늘과 땅이 교합하면서 하나가 되는 시각. 그런 시각에 둘이서 조그만, 구석진 방에 앉아 있었다니.

이미 운명적으로 가까워진 사람들이다. 피할 수 없다. 마음으로 하나가 될 수밖에는. 어디선가 은은하게 노랫소리라도 들리는 듯하다. 마지막 꿀 따기를 서두르는 일벌들인가. 아니다. 그것은 옆방 노인들의 이야기 소리. 그런 때는 노인들의 쉰 목소리도 죽음祝音이리라.

잘 있거라, 벗이여

잘 있거라,

나의 벗이여, 잘 있거라.

사랑하는 나의 벗이여, 너는 나의 마음속에 남아 있다.

운명적인 이별은 내일의 만남을 약속한다.

잘 있거라,

나의 벗이여, 손도 잡지 못하는 이별이지만

한탄하지 말고 슬퍼하지 말자, 눈을 찌푸린 채―

이 인생에서 죽는다는 것은 전혀 새로운 일이 아니다.

산다는 것도 또한 새로운 일이 아니다.

세르게이 알렉산드로비치 예세닌

168

예세닌은 러시아의 천재 시인이다. 가난한 농부의 아들로 태어나 인쇄소와 상점에서 일하며 고학하다가 시인이 되어 첫 시집을 냈는데 그때가 20세. 그로부터 그는 유명 인사가 되었고 나중에는 18세 연상인 미국의 세계적 무용가 이사도라 덩컨과 결혼을 하기도 했다.

하지만 그가 30세가 되는 해, 심한 신경쇠약으로 자살하고 말았다. 천재로서의 대가를 톡톡히 치른 셈이다. 시 내용이 범상치 않다. '이 인생에서 죽는다는 것은 전혀 새로운 일이 아니다'는 이 문장. 죽음을 옆구리에 끼고 산 사람만이 할 수 있는 말이다. 하지만 좋은 말은 이런 말이다. '운명적인 이별은 내일의 만남을 약속한다.'

친구 보내고

친구 보내고
혼자 돌아와
사립문 닫으니
날이 저문다.

해마다 봄이 오면
풀이야 새로 푸르겠지만
한 번 떠난 그대
다시 만날지 모르겠구나.

왕유

중국 당나라 때의 시인. 시불詩佛이라 불리던 시인. 그림까지 잘 그려서 남종화南宗畵의 비조鼻祖가 된 사람. 후대인 송나라의 시인 소동파가 그의 시와 그림을 보고 '시 속에 그림이 있고 그림 속에 시가 있다'고 말했던 시인.

과연 그의 시에서는 그림이 들어 있다. 선명한 이미지다. 정든 친구와 이별하고 돌아와 쓸쓸한 자신을 '사립문 닫으니/ 날이 저문다'고 표현했다. 열 마디의 설명과 묘사를 한 마디로 줄였나. 참 좋은 시에는 참 좋은 마음이 들어 있다는 걸 직감한다.

거리에 비 내리듯

거리에 비 내리듯
내 가슴에 눈물이 흐르네.
가슴속에 스며드는
이 우수는 무엇일까?

땅 위에 지붕 위에
오, 부드러운 빗소리!
권태로운 가슴에는
오, 비의 노래여!

울적한 이 가슴에
까닭 없는 눈물이 흐르네.
아니, 배반도 없는데?
이 슬픔은 까닭도 없네.

까닭 모를 아픔이
가장 괴로운 것을,
사랑도 미움도 없이
내 가슴 괴로워라.

폴 베를렌

이 시, 우리에게 오래전부터, 매우 친숙한 시다. 이 애상, 이 까닭 없는 슬픔을 우리도 사랑했던 것이다. 아니, 바다 건너 시인의 그 것이 우리에게 전염되어 오래 우리와 함께 살았던 것이다. 그렇다 면 이미 우리 내부에 그 터전과 씨앗이 준비되어 있었음이다.

베를렌은 프랑스 상징주의 시의 선구자라는 평을 받는 시인. 시인 은 왜 이런 애상에 빠졌고 그것을 또 사랑했을까? 인생 자체가 그 래서 그랬을 것이다. '까닭 모를 아픔이/ 가장 괴로운 것을,/ 사랑도 미움도 없이/ 내 가슴 괴로워라.' 이것이 시와 인생의 요체가 아닌가 싶다.

캄캄한 깊은 잠이

캄캄한 깊은 잠이
내 삶 위에 떨어지네.

잠자거라, 모든 희망아.
잠자거라, 모든 욕망아!

이젠 아무것도 보이지 않는다.
선과 악의

기억마저 사라진다……
오, 내 슬픈 이력아!

나는 어느
지하실 허공 속에서 어느 손에

흔들리는 요람.
침묵, 침묵!

폴 베를렌

174

정말로 랭보와 베를렌은 우정 이상의 사랑을 나누는 사람들이었을까. 열 살이나 차이가 나는 두 사람 사이에 그런 일이 있었는지 없었는지는 〈토탈 이클립스〉 같은 영화에서나 화제가 되었음직한 이야기다. 문제는 이 시가 랭보를 권총으로 쏜 사건의 초심 판결 언도를 받은 날에 썼다는 것이다.

분위기가 매우 어둡다. 암울하고 절망적이기까지 하다. 깊은 잠의 나락에 떨어지면서 고통스러워하는 사람의 신음소리가 그대로 들어 있다. 아무것도 숨기려 하지 않는다. 그냥 벌거벗은 마음이다. 읽는 이에게도 고통이 전해진다.

섬들

섬,
섬들
지금까지 아무도 배를 댄 적이 없는
지금까지 아무도 발을 디딘 일이 없는
나무숲으로 우거진
한 마리 표범처럼 웅크린
결코 말이 없는
꿈쩍도 하지 않는

섬,
섬들
잊을 수 없고 이름도 없는
나는 내 구두를 뱃전 너머로 던진다
섬들이 있는 데까지
가고 싶은 마음 하나로.

블레즈 상드라르

섬처럼 신비한 자연도 없다. 바다 한가운데 외롭게 떠 있는 땅덩어리. 그것은 바윗덩어리. '섬'이란 이름만 들어도 외로운 느낌이 든다. 왈칵 반가운 마음에 몸이 흔들린다. 섬처럼 또 그리운 이름도 없다. 가고 싶은, 당장 떠나고 싶은 충동을 그 단어 안에 숨겼다. 조금은 생경한 시인의 이름. 시인도 섬을 꿈꾸고 섬을 그리워하고 드디어 섬 가까이 간다. 실제로 간 것이 아니고 마음으로 간 것일 수도 있다. 미지의 섬. 누구에게도 정복되지 않은 섬. 섬을 꿈꾸고, 섬을 가슴에 안는 것만으로도 삶은 싱싱해진다.

영혼에 관한 몇 마디

우리는 아주 가끔씩만 영혼을 소유하게 된다.
끊임없이, 영원히 그것을 가지는 자는
아무도 없다.

하루, 그리고 또 하루,
일 년, 그리고 또 일 년,
영혼이 없이도 시간은 그렇게 잘만 흘러간다.

어린 시절 이따금씩 찾아드는
공포나 환희의 순간에
영혼은 우리의 몸속에 둥지를 틀고
꽤 오랫동안 깃들곤 한다.
때때로 우리가 늙었다는
섬뜩한 자각이 들 때도 그러하다.

가구를 움직이거나
커다란 짐을 운반할 때
신발 끈을 꽉 동여매고 먼 거리를 걷거나
기타 등등 힘든 일을 할 때는

절대로 우리에게 손을 내밀지 않는다.

설문지에 답을 적거나
고기를 썰 때도
대개는 상관하지 않는다.

수천 가지 우리의 대화 속에
겨우 한 번쯤 참견할까 말까,
그것도 자주 있는 일은 아니다.
원체 과묵하고 점잖으니까.

우리의 육신이 쑤시고 아파오기 시작하면
슬그머니 근무를 교대해버린다.

어찌나 까다롭고 유별난지
우리가 군중 속에 섞여 있는 걸 탐탁지 않게 여긴다.
하찮은 이익을 위해 목숨 거는 우리들의 암투와
떠들썩한 음모는 영혼을 메스껍게 한다.

기쁨과 슬픔

영혼에게 이 둘은 결코 상반된 감정이 아니다.

둘이 온전히 결합하는 일치의 순간에만

우리 곁에 머무른다.

우리가 그 무엇에도 확신을 느끼지 못할 때나

모든 것에 흥미를 가지는 순간에만

영혼의 현존을 기대할 수 있다.

구체적인 사물 가운데

추가 달린 벽시계와 거울을 선호한다.

아무도 쳐다봐주지 않아도

묵묵히 제 임무를 수행하므로.

어디에서 왔는지

또 어디로 사라질 건지 아무 말도 않으면서

누군가가 물어봐주기를 학수고대한다.

보아하니

영혼이 우리에게 그러한 것처럼
우리 또한 영혼에게
꼭 필요한 그 무엇임에 틀림없다.

비스와바 심보르스카

나도 가끔은 영혼에 대해서 생각해볼 때가 있다. 인간에게 영혼이
있는가? 분명 나는 인간에게 영혼이 있다고 본다. 육체는 죽어도
결코 죽을 수 없는 그 무엇. 인간의 내부에만 있는 그 어떤 부분.
인간의 가장 은밀한 곳에 숨어 있을 그 무엇. 그것을 믿는다.
그러나 인간이 자기 영혼을 쉽게 만날 수는 없다. 아주 특별한 기
회에 아주 짧은 시간의 만남만이 가능하다. 인간의 것이면서 인간
의 것이 아닌 것. 그러한 영혼에 대한 시를 만나는 일은 하나의 놀
라움이고 기쁨이다. 내가 알고 있던 것이 거기 있었고 내가 모르는
것도 거기에 있었다.

봄밤의 잠

봄밤의 잠이 깊어
날 샌 줄 차마 모르고

어렴풋 새소리
꿈속인 양 들어라.

지난밤 비바람
그리도 설쳤으니

모르면 몰라도 꽃들이
많이 졌을 것이네.

맹호연

한시. 중국 당나라 때 시인의 시. 한시의 묘미는 짐짓 세상이나 대상과 거리를 두고 에둘러 표현하는 것. 우선은 풍경을 말하고 시인 자신의 정서를 밝힌다. 그것도 간결한 이미지 중심으로. 그러므로 시의 행간이 깔끔하지 않을 수 없다.

봄밤의 일과 아침의 일. 지난밤의 비바람이 그토록 설쳤으니 아침에 분명 꽃이 많이 졌을 것이라는 시인의 걱정 아닌 걱정. 실은 이것은 사인의 일이 아니고, 인간의 일이고 인생의 일이다. 인생은 그렇게 부질없고 하염없는 것이다.

설야

해 저물어 푸른 산 더욱 멀고
하늘도 차가운데 뼈저린 가난이여.
사립문 밖에 문득 개 짖는 소리
눈보라 속 돌아오는 사람은 누군가?

유장경

———

춥고 배고프고 가난하기만 했던 시절, 1959년. 나는 서천중학교
3학년 학생이었다. 교실 복도의 벽 게시판에 시 한 편이 붙어 있었
다. 어떤 선생님께서 써서 붙여놓은 것이었으리라. 오가며 읽으면
서 그 문장을 외웠다. 가슴에 담았다.

나중에 알고 보니 신석정 시인이 번역한 『당시선집』에 들어 있던
시. 중국의 당나라 유장경이란 시인의 작품이었다. 시를 읽으며 나
의 처지를 너무나도 잘 표현해주었구나 싶었다. 이 시는 나를 시인
으로 이끈 시 가운데 하나다.

커브

나는 소망한다
내게 금지된 것을!

폴 엘뤼아르

_____

어느 이름 있는 소설가의 소설집 제목으로도 쓰여진 문장이다. 짧고도 머쓱하다. 다시금 촌철살인寸鐵殺人. 단박에 가슴을 친다. 아찔하다. 도치법으로 되었다. 시의 문장이란 감정적으로 급한 말부터 먼저 써야 하기 때문에 그런 것이다.

더불어, 좋은 시는 시의 제목이 시의 본문에 나와 있지 않아야 한다는 것이 나의 생각이다. 그런데도 시의 제목과 시의 본문이 의미직으로 연결이 되어 있어야 한다는 것노 나의 생각이나. 위의 시가 그렇게 되어 있다.

산에서

저 산 아래

조그만 오막살이에 살고 있던

사랑하는 사람은 무덤으로 가버렸다.

둘이 같이 앉아 있던 집 앞

그 앞에 서 있던

나무만이 남아 있고

언제든 그 집을

보지 않을 수 없다.

보아도

보아도 눈물로 잘 보이지 않는다.

나도 산 밑으로 내려가

거기서 혼자 죽고 싶다.

그를 따라서.

요제프 폰 아이헨도르프

'숲의 시인'이라 불렸다는 후기 낭만파 시인이다. 고등학교 시절, 김
춘수 시인의 편집으로 된 책에서 읽었다. 그냥 좋았다. 좋다는데
무슨 까닭이 있을까. 그 마음이 내 마음이었다. 아니, 내 마음이 먼
저 거기에 가 있었다.

독일 시를 읽어보면 괴테, 아이헨도르프, 릴케, 헤세로 이어지는 그
어떤 아련한 흐름 같은 것이 있다. 자연을 보듬고 세상을 건너는
넓고 부드러운 품 같은 것 말이나. 톨아산 애인을 그리워하는 정순
한 그리움이 오늘날까지도 애달프다.

봄날이 까닭 없이 슬펐어요

여덟 살 때,
거울을 몰래 들여다보고
눈썹을 길게 그렸지요.

열 살 때,
나물 캐러 다니는 것이 좋았어요.
연꽃 수놓은 치마를 입고.

열두 살 때,
거문고를 배웠어요.
은갑銀甲*을 손에서 놓지 않았지요.

열네 살 때,
곧잘 부모님 뒤에 숨었어요.
남자들이 왜 그런지 부끄러워서.

열다섯 살 때,
봄이 까닭 없이 슬펐어요.
그래서 그넷줄 잡은 채 얼굴 돌려 울었답니다.

이상은

이 시, 이원섭 시인이 번역한 『당시』란 책에서 보았다. 오래전에 나왔지만 여전히 읽히는 책. 눈에 보이는 듯 화사해서 좋았다. 그 여릿여릿 수줍게 일렁이는 은실 같은 마음결. 한 여성이 자라나면서 꽃으로 피어나는 과정을 잘도 그렸다.

오래전, 〈허준〉이란 드라마에서 여자 주인공이 이 시를 외우는 걸 보고 놀란 일이 있다. 특별히 시의 끝 구절이 알싸한 느낌이었다. '봄이 까닭 없이 슬펐어요./ 그래서 그넷줄 잡은 채 얼굴 돌려 울었답니다.'

＊은갑, 거문고를 연주할 때 손끝에 끼우는 골무.

그런 길은 없다

아무리 어두운 길이라도
내 앞에
누군가는 이 길을 지나갔을 것이고,

아무리 가파른 길이라도
내 앞에
누군가는 이 길을 통과했을 것이다.

아무도 걸어가지 않은
그런 길은 없다.

나의 이 어두운 시기가
비슷한 길을 가는
내 사랑하는 사람들에게
도움이 될 수 있기를.

메기 베드로시안

최근 어디선가에서 본 글이다. 본격적인 시작품이라고 하기보다는 잠언적인 요소가 강한 글이다. 법정 스님이 생전에 쓴 어떤 책에 수록된 글인데 그 이후 사람들에게 널리 알려졌다는 사연이다. 읽는 이에게 용기를 준다.

비록 유명한 시는 아니지만 이렇게 사람에게 용기를 주고 축복을 주는 글은 좋은 글이다. 유익한 글이고 감사한 글이다. 특히나 이렇게 물질적으로 발달한 시대에 어두운 터널 같은 날들을 보내고 있을 청춘들에게 들려주고 싶은 글이다.

방랑길에

― 크놀프를 그리며

서러워 마라, 머지않아 밤이 온다.
그러면 우리 창백한 들판 저편으로
남몰래 웃음 짓는 싸늘한 달을 보게 되리라.
그러면 그때, 손을 잡고 쉬어도 좋으리라.

서러워 마라, 머지않아 때가 온다.
그때 우리 안식하며 우리의 십자가
밝은 거리 모퉁이에 나란히 서게 되리라.
그 위로 비가 오고 눈이 내리고
바람은 또 오고 가리라.

헤르만 헤세

크놀프는 헤세의 소설 『크놀프』의 주인공 이름이다. 평생을 고향을 떠나 방랑으로 살아간 구도자적인 인물이다. 헤세, 바로 자신의 분신과 같은 인물이다. 그런 점에서 소설은 작가의 자전自傳이기 십상이다.

고백체이고 일방적으로 하는 말. 하나의 위로다. 사람 마음을 다독인다. '서러워 마라, 머지않아 밤이 온다.' 왜 이런 대목에서 우리는 목이 메어오는 걸까. 헤세의 말처럼, '그들은 참 인간적인 데가 있다'. 우리 정서에 참 잘 맞는다.

뤽상부르 공원에서

이런 어린 소녀가 있었다
뤽상부르 공원에 5월의 어느 날 일이었다
나는 혼자 앉아 있었다, 파이프 담배를 피우고 있었다
그때 소녀는 물끄러미 나를 바라보고 있었다
커다란 마로니에 그늘엔 새하얀 꽃잎들이 비 오듯 했다
소녀는 조용히 놀며 나를 물끄러미 바라보고 있었다
내가 말을 걸어주었으면 하는 눈치였다
소녀는 내가 행복하지 않음을 짐작했던 것이다
하지만 아이이기에 차마 말을 걸 수가 없었던 것이다
고욤처럼 동그란 눈의 소녀여 고운 마음이여
오직 너만이 나의 시름을 살펴준 것이다
고개를 저리 돌려라, 지금의 너로서는 알 도리가 있겠니?
저리 가서 놀아라, 언니가 기다린다
아아 그 누구도 풀어줄 수 없고 위로해 줄 수 없단다
어린 소녀여 언젠가는 너도 그것을 알 날이 올 것이다
먼 듯하면서도 가까운 그날이 오면 너도 오늘 나처럼
뤽상부르 공원으로 너의 슬픔을 생각하러 올 것이다

기어 샤를 크로스

194

한 편의 아름다운 동화다. 연한 보랏빛 물감이 들듯 애상이 깃든 동화다. 뤽상부르 공원. 프랑스 파리의 어느 지점엔가 있다는 공원. 경치가 아름답고 사람 많이 모이기로 유명한 곳. 하지만 글 속에서는 그런 것들이 별로 중요하지 않다.

다만 늙은 시인과 시인을 바라보는 어린 소녀가 문제다. 외롭고 쓸쓸한 시인을 한 소녀가 측은지심으로 바라보고 있다. 하지만 시인은 그 마음을 정중히 거절한다. 오늘의 고독은 나의 것이고 너의 고독은 미래의 어느 때에 올 것이라고.

이 지구에서는

언제나 어딘가에서 아침이 시작되고 있다

……

자기 전에 잠깐 귀 기울여보면

어딘가 먼 곳에서 알람시계가 울리고 있다

그것은 당신이 보낸 아침을

누군가가 잘 받았다는 증거인 것이다

5

희망에는 날개가 있다

숲에게

읽는 사람의 눈은
꿈틀거리는 문자의 숲을 헤집고 들어간다.
읽는 사람의 귀는
페이지마다 가만히 내리는 빗소리를 듣는다.
읽는 사람의 입은
반쯤 벌어진 채 말을 잃고
읽는 사람의 손은
어느새 주인공의 팔을 잡고 있다.
읽는 사람의 발은
돌아가려다 이야기의 미로에 길을 잃고
읽는 사람의 마음은
어느덧 보이지 않는 지평선을 넘는다.

다니카와 슌타로

제목은 '숲에게'이지만 기실은 '책에게'다. 시를 읽어보면 이내 알 수 있는 일. 하기는 책이 숲의 나무에서 왔으니 그렇게 말해도 좋을 듯하다. 이러한 문장이나 생각은 우리에게 좋은 상상력을 제공한다. 아름다운 세상으로의 초대다.

책을 읽는 사람의 눈과 귀와 입과 손은 책을 읽는 동안 책한테 붙잡히게 되고 책 그 자체가 되고, 그리하여 끝내 책의 '주인공의 팔을 잡'게 된다. 참 아름나운 호흡이고 동행이다. 녹서의 기쁨, 이러한 동행이 허락되는 한 우리는 때때로 행복해도 좋을 것이다.

시

신새벽, 그 처음의 순간을

기록하고 싶다.

벌이 날아드는

그 순간, 꽃의 열림을

새가 날아오르는

그 처음의 날갯짓을.

그러나 내게 보이는 건

오로지

상처받고

묶이고

갇힌 사람들뿐.

저들을 보며 나는 깨닫는다.

나는 결코

새벽, 새, 별 따위의

시를 쓸 수 없다는 걸.

제임스 매쉬

이것은 시에 대한 시. 시 쓰기 방법, 혹은 시 쓰기의 소재에 대해서 썼다. 애당초 시인이 소망하는 시는 '새벽, 새, 별'과 같은 자연의 일, 아름답고 지순하고 상처받지 않은 대상에 관한 것이라 한다.

하지만 시인의 눈에 보이는 건 '오로지/ 상처받고/ 묶이고/ 갇힌 사람들뿐'이라서 애당초 쓰기로 했던 '새벽, 새, 별'에 관한 시는 쓰지 못한다는 고백이다. 자연의 일과 인간사의 대비다. 그렇다고 해서 자연의 일을 시로 쓰지 못하는 건 아니란 것이 나의 소소한 생각이다.

상승

연못 위로, 계곡 위로,
산과 숲, 구름과 바다를 너머
태양 지나, 창공 지나,
별이 총총한 천구天球 끝 너머로,

내 영혼아, 넌 민첩하게 움직여
물속에서 도취한 능숙한 수영 선수처럼
오묘한 무한을 즐거웁게 누비누나
표현할 수 없는 힘찬 쾌락에 취하여

이 역한 독기를 떠나 멀리 날아가
드높은 대기 속에 네 몸을 깨끗이 씻어라.
또한 순수하고 신성한 술처럼
맑은 공간에 가득한
밝은 불을 마셔라.

안개 자욱한 인생을
무겁게 짓누르는
권태와 끝없는 비애를 뒤로 돌리고

힘찬 날개로 햇살 가득한 평온한 들판을 향해
날아갈 수 있는 자는 행복하여라.

상념들이, 종달새처럼 하늘을 향해
아침마다 자유로이 날아오르고
삶 위를 날면서
꽃들과 말 없는 사물의 언어를
쉬이 알아듣는 자여!

샤를 피에르 보들레르

인생이란, 삶이란, 모든 살아 있는 것들은 두 가지로 나눠진다. 상승과 하강. 하나는 위로 올라가면서 좋아지는 것이고 하나는 아래로 내려가면서 나빠지는 것. 모름지기 우리는 상승을 따르고 상승을 원한다. 상승만이 살길이다. 늘 그것이 그렇지 않은 데에 문제가 있지만 말이다.

좋은 노래도 하나의 상승이다. 합창이거나 이중창일 때는 더욱 그렇다. 좋은 그림도 상승이다. 두 사람의 사랑은 더욱 그러하다. 상승은 인간의 품격을 높여주고 인간의 정서를 고양시킨다. 상승만이 살길. 보들레르의 상승은 우리를 높고도 좋은 세계로 이끈다. 귀를 막을 일이 아니다. 얼른 꽃의 말을 알아차리고 흰 구름의 눈짓을 느낄 일이다.

취하라

항상 취해 있어야 한다.
모든 게 거기에 있다.
그것이 유일한 문제다.

당신의 어깨를 무너지게 하여
당신을 땅 쪽으로 꼬부라지게 하는
가증스러운 시간의 무게를
느끼지 않기 위해서
당신은 쉴 새 없이 취해 있어야 한다.

그러나 무엇에 취한다?
술이든, 시든, 덕이든
그 어느 것이든 당신 마음대로다
그러나 어쨌든 취하라.

그리고 때때로 궁궐의 계단 위에서
도랑가의 초록색 풀 위에서
혹은 당신 빙에서 음울한
고독 한가운데에

당신이 깨어나게 되고
취기가 감소하거나 사라져버리거든
물어보아라
바람이든 물결이든
별이든, 새든, 시계든
지나가는 모든 것
슬퍼하는 모든 것
달려가는 모든 것
노래하는 모든 것
말하는 모든 것에게 지금 몇 시인가를

그러면 바람도 물결도
별도 새도 시계도
당신에게 대답할 것이다.

이제
취할 시간이다.

샤를 피에르 보들레르

보들레르. 대단한 시인이다. 당대 프랑스 사람들을 흔들고 다른 나라 사람들을 흔들고 오늘까지도 사람들의 마음을 흔든다. 시를 정신적 착란의 한 증표로 보았던 사람. 의식과 무의식 사이에서 태어나는 이상한 아이처럼 보았던 사람. 시인을 또한 '정서적 기억량이 아주 많은 사람'으로 보았던 사람.

이 시 또한 놀랍다. 인생을 취한 상태로 보는 것. 취한 인생을 권하는 것. 이것은 보통의 일이 아니다. 실상 성공적인 인생을 사는 사람들은 무엇엔가 취하여 산 사람들이다. 가장 정밀精密한 인생이란 취한 상태로 살았던 인생을 말한다. 시인은 우리에게 권한다. 취하라. 지금이 취할 때이다. 무엇에게든 네가 좋은 것에 취하라.

무지개

하늘의 무지개를 바라보면
내 마음은 뛰노네
어려서도 그러했고
어른 된 지금도 그러하고
늙어서도 여전히 그러할 것이네

만약 그러하지 아니하다면 신이시여
지금이라도 나의 목숨 거두어 가소서

어린아이는 어른의 아버지*
나의 생애 하루하루
타고난 그대로 경건한 마음 이어지기를
빌고 바라네

윌리엄 워즈워스

영국의 위대한 시인. 낭만파의 창시자. 우리나라 사람치고 이 작품을 모르는 사람은 없을 것이다. 특히 이 구절, '어린아이는 어른의 아버지'. 어른이 어린이의 아버지이지 왜 거꾸로 말하는가 의심하면서도 여전히 그 구절이 마음에 남았을 것이다.

'모든 훌륭한 시는 힘찬 감정의 자연스런 발로'다. 워즈워스의 시에 대한 정의. 이보다 더 좋은 정의는 따로 없다. 그렇다면 '시인이란 마음속에서 우러나오는 자발적인 감정을 자연스럽게 유출_{流出}시키는 사람'이라는 그의 주장 또한 어디까지나 그르지 않다.

* 어린아이는 어른의 아버지. 어린이의 순수성에 대한 동경으로 그 시절로 돌아가고 싶어하는 인간의 소망으로 풀이될 수 있다. 하지만 한 인간의 성장 과정을 통시적으로 살펴볼 때 어린 시절을 지나 어른이 되는, 그 단계적인 성장 과정을 표현한 것으로도 볼 수 있다.

님께서 노래하라 그러시면

님께서 내게 노래하라 그러시면
자랑스러움에 내 가슴은 터질 듯,
님의 빛나는 눈을 우러러 뵐 때
내 두 눈에는 눈물이 어립니다.

내 생명에 깃든
거칠고 올바르지 못한 모든 것들 녹아내려
오직 나 하나 향기로운 가락을 이루고,
기쁨으로 바다를 건너는 철새처럼
나의 경배는 커다란 나래를 펼쳐듭니다.

나의 노래 마음에 드시리라 믿사옵니다.
다만 노래하는 자만이
님 곁에 가까이 다가갈 수 있음을 저는 믿사옵니다.

내 노래의 날개 크게 펼치면
그 끝이 남의 발 아래 닿습니다.
거기 닿으리라곤 꿈에도 생각하지 못했지만요.

노래의 기쁨에 취해 나는 나 자신을 망각하고
내 주인이신 님을
감히 벗이라 부르고 싶사옵니다.

라빈드라나트 타고르

타고르란 이름은 우리 한국인에게는 매우 친숙하고도 좋은 느낌
의 이름이다. 한용운이나 신석정 같은 신문학 초기 한국 시인들이
가장 좋아했던 외국 시인 가운데 한 사람이다. 동양인 최초로 노
벨문학상을 받은 시인.
평생 한결같이 명상적이고 경건한 찬미의 시들을 썼다. 위의 시 역
시 종교적인 분위기로 피어나는 기도의 시다. 그렇지만 메마른 기
도의 시가 아니라 부드럽고도 향기로운 기도의 시다. 말랑말랑한
시인의 마음이 손에 잡힐 듯하지 않는가!

가을날

주여, 때가 왔습니다. 여름은 참으로 위대했습니다.
당신의 그림자를 해시계 위에 놓으시고
들판에 바람을 풀어 놓으십시오.

마지막 과일들을 익게 하시고
하루 이틀만 더 남국의 햇빛을 허락하시어
그들을 완성해주시고, 마지막 단맛이
짙은 포도주 속에 스며들게 하소서.

지금 집이 없는 사람은 이제 집을 짓지 않습니다.
지금 고독한 사람은 오래 고독하게 살아갈 것이며
잠자지 않고, 읽고, 그리고 긴 편지를 쓸 것입니다.
바람에 나뭇잎이 날릴 때, 불안스러이
이리저리 가로수 길을 헤맬 것입니다.

라이너 마리아 릴케

릴케의 시. 첫 문장에 그만 압도되고 마는 시. 아, 이 문장. 이 문장의 감격. '주여, 때가 왔습니다. 여름은 참으로 위대했습니다.' 드디어 여름이 물러가고 가을이 왔음을 해마다 알려주는 누군가의 음성이 거기에 들어 있다.

우리가 살면서 이런 문장을 만난다는 건 그것 자체가 행운이요 감사다. 잊지 말아라. 이런 시를 처음 만났을 때의 그 감격을 잊지 말아라. 내가 나에게 타이르곤 한다. 내 시의 모든 모범이 이 시 안에 들어 있음을 나는 부정하기 어렵다.

수선화

어느 날 나, 산골짜기 사이
두둥실 흰 구름처럼 쓸쓸히 헤맬 때
눈에 들어온 한 무더기 황금빛 수선화
호숫가 나무 수풀 아래
산들바람에 간들간들 고개 흔드는

하늘 은하수 별들처럼 반짝이는 꽃들은
호숫가 가장자리에 끝없이
줄을 지어 피어 있었네
한눈에 보아도 헤일 수 없이 많아
머리를 까닥이며 기쁜 춤을 추었네

그들 앞에 물결들도 춤을 추었지만
꽃들의 춤은 한층 더 흥에 겨웠네
시인이면 누구인들 안 즐거우리!
다만 나는 이것이 얼마나 소중한 줄 모르고
바라보고 또 바라보기만 했네

집에 돌아와 종종 자리에 누워서

멍하니 또는 시름에 잠겼을 때
그들은 내 마음속 깊이 들어와 반짝이네
이것이야말로 고달픈 삶에 내리는 축복
그때마다 내 가슴은 기쁨으로 가득 차고
수선화들과 함께 춤을 추네

윌리엄 워즈워스

―――――――

워즈워스가 영국 사람들뿐만 아니라 세계인이 사랑하는 시인이란
걸 모르는 사람은 없다. 이 사람은 오랫동안 전원생활을 했음이 분
명하다. 아름다운 자연에 둘러싸여 자연적인 경험이 풍부한 사람
이다.

수선화. 나르시시즘의 화신. 자기 자신의 미모에 홀려 종일 물에
비친 자기 자신의 모습만 들여다보고 있는 꽃. 과연 그렇다. 약간
고개를 숙인 꽃송이가 그렇고 모로 몸을 돌린 그 고혹적인 자태가
그렇다. 시인인들 어찌 홀리지 않았으랴.

때는 봄

때는 봄
봄날은 아침
아침은 일곱 시
언덕에는 진주 이슬
종달새 높이 날고
가시나무 울타리에 달팽이 오르고
하느님은 하늘에 계시니
세상은 두루 평화롭구나

로버트 브라우닝

———

'평화'란 단어는 추상적이고 적용 범위가 흐린 말이다. 시란 분명치 않은 그 무엇을 분명한 그 무엇으로 바꾸는 작업인지 모른다. 그것도 일상의 평범한 언어로. 이것은 쉬운 것 같지만 쉽지 않은 일. 그런 점에서 시인은 또 다른 발견자이다.

어쩌면 시인은 현실의 여러 가지 사물 가운데서 공통점을 발견했는지 모른다. 그러다가 거기에 맞는 '평화'란 말을 찾게 되었는지 모른다. 시인이 발견한 평화로운 세상이 오래도록 우리를 평화롭게 만들어준다. 고마운 일이다.

유월에

가시나무에서도
장미꽃이 피어나는
이 좋은 계절에

마음아,
무엇을 걱정하고
무엇을 망설이느냐?

작자 미상

이 시, 실은 허영자 시인의 산문집에 들어 있는 문장을 빌려온 것
이다. 울림이 오래 오래 좋았다. 그래서 글을 쓴 시인을 알고자 했
는데 정작 허영자 시인도 모른다 했다.

하나의 문장을 두 개의 연으로 나누었다. 짐짓 우리가 잊고 사는
비밀스런 내용을 일깨워준다. 가시나무와 꽃나무는 둘이 아니고
하나다. 그런데 우리는 삶에서 꽃나무보다는 가시나무를 보려고
한다. 매우 어리석고 답답한 일이다.

저녁 별

저녁 별은
찬란한 아침이
여기저기에다
흩어놓은 것들을
모두 제자리로
돌려보낸다
양을 돌려보내고
염소를 돌려보내고
아이들을 그 어머니의 품에
돌려보낸다

사포오

그리스 여성 시인의 시. 놀라운 일이다. 기원전에 살았던 한 여성 시인의 시작품이 오늘날까지도 전해지다니. 여러 차례 말했지만 이야말로 문자의 힘이다. 문자만이 가진 전승 기능에 의한 인간 승리 그것이다.

일견 아담한 시. 그렇지만 그 안에 담는 세상은 광대무변하다. 지상의 모든 것을 담고자 했다. 인간의 일, 땅과 하늘의 일들이 골고루 들어 있으며 그 중심축은 '서녘 빌'이나. 서녘 별이 지상의 모는 것을 통제하고 지배한다. 이 또한 평화다.

누가 나무를 제일 사랑하지?

누가 나무를 제일로 사랑하지? "나예요" 하고 봄이 말했다.
"내가 나무에게 아주 예쁜 나뭇잎 옷을 입혀주거든요."

누가 나무를 제일로 사랑하지? "나예요" 하고 여름이 말했다.
"난 나무에게 하얗고 노랗고 빨간 꽃을 피워주니까요."

누가 나무를 제일로 사랑하지? "나예요" 하고 가을이 말했다.
"난 맛있는 과일을 주고 화려한 단풍을 입혀준단 말이에요."

누가 나무를 제일로 사랑하지? "내가 제일로 사랑하지요"
추운 겨울이 대답했다. "나는 나무에게 휴식을 선물하니까요."

앨리스 메이 더글러스

한 편의 동화처럼 귀엽고 사랑스런 시다. 일 년의 구성은 봄, 여름, 가을, 겨울. 그 사계절의 변화를 가장 잘 알아차리고 자기 몸으로 표현하고 실천하는 생명체는 나무다. 어쩌면 나무의 변화를 보면서 우리는 사계절의 변화를 심각하게 깨닫는지 모른다.

그 사계절이 나무와 대화하면서 나무에게 주는 선물을 자랑한다. 봄→예쁜 잎. 여름→하얗고 노랗고 빨간 꽃. 가을→맛있는 과일과 단풍. 겨울→휴식. 그렇지만 겨울의 선물이 가장 좋은 선물이 아닐까, 생각해본다. 휴식은 인간에게도, 나무에게도 시급한 것이고 좋은 것이다.

삼월

삼월님이시군요, 어서 들어오세요!

오셔서 얼마나 기쁜지 몰라요.

오랫동안 기다렸거든요.

모자를 벗으시지요—

아마도 걸어오셨나 봐요.

그렇게 숨이 차신 걸 보니.

그동안 삼월님, 잘 지내셨나요?

다른 분들은요?

'자연'은 잘 두고 오셨나요?

아, 삼월님, 우리 2층으로 가요.

밀린 얘기, 하고 싶은 이야기가 얼마나 많은지 몰라요.

에밀리 디킨슨

이 작품 역시 내가 오랫동안 아주 많이 사랑하고 그리워한 작품이다. 봄만 되면 우리나라 시인 이성부의 「봄」이란 시와 함께 한 차례씩 꺼내어 읽어보는 작품이다. 그러면 봄이 내 마음 안에도 쿨렁, 다가온 듯한 감회를 맛보곤 한다.

그대로 대화문이다. 봄과의 대화. 구체적으로 삼월과의 대화. 시의 표현이 대화와 의인법이란 것을 나에게 가르쳐준 작품이다. 삼월을 마치 오랜만에 만난 친구처럼 여기면서 말을 한다.

국화꽃을 따다가

초막을 짓고 인가 부근에 살아도
수레와 말 시끄러움을 느끼지 않네.
그대에게 묻는다, 어째서 그러한가?
마음이 세속과 멀어지니 저절로 그러하다네.
동쪽 울타리 밑에 핀 국화꽃을 따노라니
유연悠然히 다가오는 남산의 이마,
산의 기운은 아침저녁으로 아름다워
새들은 무리 지어 돌아온다네.
이 가운데 인생의 참뜻이 들어 있으니
말을 하고자 하나 말로 하기 차마 어렵다네.

도연명

중국 송나라 시인 도연명. 유명한 문장은 '채국동리하採菊東籬下 유연견남산悠然見南山.' 우리말로 바꾸면 '동쪽 울 밑에서 국화꽃 꺾어 들고 멀리 남산을 바라본다.' 번잡한 세상을 피하여 숨어 사는 은자의 초연한 심경을 빗댄 말이다.

언제든 안 그랬을까, 세상살이가 고달플 때는 잠시 세상을 비껴 조용히 자기만의 세상을 살고 싶을 때가 있다. 그럴 때면 누군가 동행이 필요하고 먼저 그렇게 산 선배가 필요하다. 그런 마음의 선배로서 늘 등장하는 인물이 도연명이다.

하이쿠

가는 봄이여 묵직한 비파를 부둥킨 마음

•

숙박 거절의 등불이여 눈 속에 잇달은 집들

•

여름 냇물을 건너는 기쁨이여 짚신을 벗고

•

은어를 주며 들르잖고 지난 야반의 대문

•

모란이 져서 땅에 겹쳐지네 꽃잎 두세 장

•

범종에 앉아서 하염없이 졸고 있는 나비로구나

•

봄 부슬비여 이야기하며 가는 도롱이 우산

•

도끼질하다 향내에 놀라도다 겨울나무 숲

•

유채꽃이여 달은 동녘 지평에 해는 서산에

•

수선화 옆에 여유가 놀고 있네 초저녁 달밤

쓸쓸하기에 피었나 보다 산벚나무여

·

애인 집 울타리 조용히 냉이꽃 피어 있어라

요사 부손

―――――

일본의 하이쿠 시인 중에 내가 가장 좋아하는 시인은 요사 부손
이다. 시인으로만 산 것이 아니라 화가로도 일가를 이루며 살았다.
그래서 그런지 그의 시에는 화사한 이미지가 있다. 그래서 나는 또
그의 작품이 유난히 좋은지 모르겠다.

울렁, 감흥이 온다. 어쩌면 이렇게 짧은 글 속에 요원한 세상을 담
았을까? '애인 집 울타리 조용히 냉이꽃 피어 있어라'. 이 작품은
노년의 작품으로 기생이었던 애인의 집에 찾아갔다가 만나지 못하
고 돌아오면서 쓴 작품이라 한다.

나의 방랑생활

난 쏘다녔지, 터진 주머니에 손 집어넣고
짤막한 외투는 관념적이게 되었지,
나는 하늘 아래 나아갔고, 시의 여신이여! 그대의 충복이었네,
오, 랄라! 난 얼마나 많은 사랑을 꿈꾸었는가!

내 단벌 바지에는 커다란 구멍이 났었지
―꿈꾸는 몽상가인지라, 운행 중에 각운들을
하나씩 떨어뜨렸지. 내 주막은 큰곰자리에 있었고.
―하늘에선 내 별들이 부드럽게 살랑거렸지.

하여 나는 길가에 앉아 별들의 살랑거림에 귀기울였지,
그 멋진 구월 저녁나절에, 이슬 방울을
원기 돋구는 술처럼 이마에 느끼면서,

환상적인 그림자들 사이에서 운을 맞추고,
한 발을 가슴 가까이 올린 채,
터진 구두의 끈을 리라 타듯 잡아당기면서!

장 니콜라 아르튀르 랭보

천재 시인의 대명사. 15세에 이미 훌륭한 시인이었고 20세에 시작
생활을 작파하고 전혀 다른 인생을 살았던 시인. 시인 이후 떠돌이
였다는 건 어느 정도 이해가 가지만 아프리카에서 커피와 무기를
파는 사업을 했다는 건 충격적이다.

위의 시. 매우 유려하고 거침없는 시인의 마음이 그대로 전해진다.
건들건들 오로지 자유분방 그 하나인 한 젊은이가 눈앞에 보인다.
인간 랭보는 이미 오래전에 죽었지만 시인 랭보는 아직 숙시 않음
이다.

상쾌한 여행

초록빛 산들바람 부드럽게 흘러오기에
봄이다 정녕 봄이다
숲에서는 피리 소리가 흐르고 있다
힘찬 눈동자는 밝게 빛나고
여러 가지 모양의 소용돌이는
이상스러운 물줄기를 이룬다
흐르는 물의 눈짓이 그대를
아름다운 아래쪽 세계로 가자 청하니
나는 아무것에게도 거역하지 않으련다
바람은 너희에게서 나를 멀리 나른다
기분 좋게 햇빛에 취하여
나는 물줄기를 타고 여행하리라
수천의 목소리가 울려 내 마음을 부추기고
하늘 높이 오로라가 불타며 흘러가누나
여행길에 나서련다, 나는 그 여행길이
어디서 끝나느냐 묻지 않으련다

요제프 폰 아이헨도르프

제목 그대로 상쾌하고 유쾌한 시다. 마음이 부드럽게 멀리 열리는 느낌이다. 젊고도 건강한 젊은이의 숨결이 느껴진다. 매우 긍정적인 사람이다. 그 무엇에도 매이지 않은 자유로운 영혼을 지닌 사람이다. 세상을 사랑하는 사람이다.

아이헨도르프. 독일의 '숲의 시인'이라 불렸다는데 과연 그다운 시이다. 「상쾌한 여행」의 나무와 풀에서 나올 듯한 싱싱한 에너지가 느껴진다. 우리 마음이, 특히 우리의 감성이 만들어내는 에너지나. 초록색 파장이 사람을 살린다.

들을 지나서

하늘 위로 구름이 흐르고
들을 지나서 바람은 가고
들을 지나서 헤매고 있는
나는 우리 어머니의 영락한 아들.

거리 위로 꽃잎은 나부끼고
나뭇가지에는 새들이 우는데
아, 나의 옛집은 어디쯤일까?
산 너머 저쪽인가…….

헤르만 헤세

젊은 시절, 나는 헤세보다는 릴케가 좋았는데 나이 들면서는 점점 헤세가 좋아진다. 어쩌면 그의 인간적인 삶, 인간적인 고뇌, 그리고 솔직성 때문이 아닌가 싶다. 더구나 그의 수채화는 우리에게 많은 상상력을 제공한다.

헤세의 시에 자주 등장하는 인물은 어머니. 어머니에 대한 경도傾倒와 사랑이 더욱 헤세의 시작품을 따뜻하게 만들어주는 게 아닌가 싶다. 인간은 누구나 언제나 어머니 앞에서는 철부지 어린아이. 그 나름대로 진솔해지기 마련이다.

나그네 밤 노래

모든 산봉우리마다
안식은 있다.

나뭇가지는
바람도 없이 흔들리지 않고
산새는 숲속에 깃을 찾는다.

기다려라, 그대도 머지않아
쉴 날이 오게 되리라.

요한 볼프강 폰 괴테

괴테에 대해서는 더 이상 설명이 필요치 않다. 다만 위에 적은 시 작품, 「나그네 밤 노래」는 괴테가 젊은 나이인 31세 때, 독일의 튀빙겐 일메나우 지역의 한 작은 산장에 지내면서 산장의 벽에 적은 시라고 한다.

그로부터 51년이 지난 후 어느 날, 다시 그곳에 와 벽에 남아 있는 자신의 시를 보면서 눈물을 흘렸다 는 괴테, 시인은 그로부터 1년 후에 세상을 떴다고 한다. 지금도 그곳에 가면 시인의 필적을 볼 수 있다니, 대단한 일이다.

너는 한 송이 꽃과 같이

너는 한 송이 꽃과 같이
사랑스럽고 아름답고 순수하다.
너를 바라보면, 비애가
내 마음속에 스며든다.

두 손 모아 너의 머리 위에 얹고
이렇게 기도드리고 싶다.
신이여 지켜주소서
순수하고 아름답고 사랑스럽게.

하인리히 하이네

오래전의 일이다. 독일 여행길, 프랑크푸르트 공항에서 내려 라인 강을 거쳐 로렐라이 언덕에 올랐을 때 「로렐라이 언덕」 노래의 가사를 떠올려 보았으나 끝내 생각이 나지 않아 안타까웠던 기억이 난다.

미로 그 노래 「로렐라이 언덕」의 작사가, 하이네. 독일 최대의 민요 시인. 그의 시는 열정적이다. 속내를 굳이 감추려 하지 않는다. 마치 우리나라 김소월 시인의 시를 읽는 듯. 낭만은 그렇게 국경을 넘고 세월을 넘어 멀리까지 간다.

흰 구름

오, 보아라. 잊어버린, 아름다운 노래의
나직한 멜로디처럼
구름은 다시
푸른 하늘 멀리로 떠서 간다.

긴 여로에서 방랑의
기쁨과 슬픔을 모두
스스로 체험하지 못한 사람은
구름을 제대로 이해할 수 없으리라.

해나 바다나 바람과 같은
하이얀 것, 정처 없는 것들을 나는 사랑한다.
고향이 없는 사람에게는, 그것이
누이들이며 천사이기 때문에.

헤르만 헤세

흰 구름. 맑은 하늘에 뜬 하얀 구름. 나 자신 젊은 시절에 흰 구름을 얼마나 좋아했던가. 흰 구름은 나의 누이였으며 연인이었으며 나의 어머니. 여성적인 것의 총체. 흰 구름을 보면 가슴이 부풀었고 지금은 여기에 없는 먼 사람이 그리웠다.

그러나 그는 잊혀진 사람. 가물가물 입술에 이름조차 지워진 사람. 그리움의 정체란 무엇인가. 흰 구름을 바라보면서 나의 청춘이 저물었다. 이제 늙은 사람이 되어서 바라보는 흰 구름. 여전히 가슴이 부풀고 띈다. 거기에 헤세가 함께 있다.

여행으로의 초대

내 사랑, 내 누이야,

꿈꾸어보렴, 거기 가서

함께 사는 감미로운 행복을.

한가로이 사랑하고

사랑하다 죽을 것을

너를 닮은 그곳에서!

안개 낀 하늘의

젖은 태양은

내 영혼에겐 신비로운 매력.

눈물 사이로 반짝이는

잘 변하는 네 눈처럼.

거기서는 모두가 질서와 아름다움,

호사와 고요, 그리고 쾌락뿐이리.

오랜 세월에 닦여

윤나는 가구들이

우리의 방을 장식하리.

희귀한 꽃향기

그윽한 용연향龍涎香에

은은히 섞이고,

호화로운 천장,

깊은 거울들,

동양의 빛나는 광채,

거기서는 모두가

영혼에게 은밀히

그 감미로운 모국어母國語로 말하리라.

거기서는 모두가 질서와 아름다움,

호사와 고요, 그리고 쾌락뿐이리.

보라, 저 운하 위에

배들이 잠들어 있음을.

그들의 마음은 방랑자와 같아,

네 사소한 욕망까지

채워주기 위해

세계의 끝에서 몰려올 것이다.

저무는 태양은

들판과 운하와

도시를 물들인다.

보랏빛 황금빛

세계는 잠이 든다.

뜨거운 빛 안에

모든 질서와 아름다움.

호화와 고요, 그리고 쾌락만이.

샤를 피에르 보들레르

―――――――

여행. 왜 떠나는가? 미지의 삶에 대한 동경으로도 떠나지만 우중
충한 현실의 삶을 벗어나기 위해서도 떠나리라. 시간과 돈, 건강을
투자하여. 여행을 떠나게 하는 건 영혼의 갈증, 원심력 때문이다.
멀리서 불러주는 누군가의 음성이 있기에.
그 음성을 따라 멀리 떠도는 날들이 길어지면 다시금 떠났던 곳으
로 돌아오고 싶어진다. 우중충한 날들이라고 타박했던 그날들이
그리워진다. 여행을 꿈꿀 때 떠오르는 시가 보들레르의 이 작품. 그
런 입장에서 보들레르는 여전히 유효하다.

참나무

젊거나 늙거나
참나무와 같은
삶을 사시구려.
싱싱한 황금빛으로
봄날에 빛이 나는.

앨프리드 테니슨

―――――

역시 나무에 대한 찬가다. 우리네 인생을 참나무에 비겼다. 모름지기 참나무를 닮아 참나무처럼 살자고 권한다. 인간이 그러기는 쉽지 않다. 그렇지만 가슴에 참나무 한 그루를 품고 사는 사람의 인생은 무언가 많이 다르리라.

참나무. 우렁찬 나무다. 그 정정한 나무가 봄이면 연둣빛 이파리를 내밀고 여름이면 진초록 옷을 입고 살다가 가을이면 갈색 낙엽을 내려놓는다. 비록 우리 인생이 고달픈 날들의 연속이라 할지라도 희망의 끈을 놓지 말고 살 일이다.

감각

나는 가리라 푸른 여름밤엔
보리 이삭이 정강이를 찌르는 오솔길 위로,
잡초 넝쿨 밟으러.
몽상가여, 나는 나의 발에
서느러운 감촉을 느끼며,
부는 바람에 한껏
머리칼을 날리며……

나는 말하지도 생각하지도 않으리.
그러나 끝없는 사랑은
가슴속에 떠오르리.
나는 가리라, 멀리멀리
떠돌이처럼,
하늘과 땅 사이를
연인과 함께 가듯 행복하게……

장 니콜라 아르튀르 랭보

15세 나이에 벌써 시인이 된 인물. 천재 시인. 몇 년 동안 시를 쓰고 나서는 시를 집어던진 채 시치미 뚝 떼고 엉뚱한 모습으로 살다 간 시인. 그 역시 요절한 인물. 가히 천재란 이름이 어울리는 사람이다.

시인의 생애가 허무하다 해도 시는 허무하지 않다. 시인이 떠난 자리를 지켜 시는 여전히 건강하게 숨 쉬고 여전히 푸르게 자라고 있다. 시여, 앞으로도 더 오래 살아남아 있거라. 누군가 그를 두고 말했다. '바람 구두를 신은 시인'이라고.

맑은 밤의 시

달은 휘영청
하늘 복판에 가 있고

한줄기 바람 불어와
물 위에 이는 잔물결

이토록 사소하지만
맑은 것들의 의미여!

헤아려 아는 이
별로 없음이 섭섭하다네.

소강절

우리네 인생에서 무엇이 정말로 소중한 것인가? 주변에 있는 사소한 것, 오래된 것, 반복되는 것들 가운데 진정으로 가치 있는 것에 대해 말해주고 있다. 시인은 달 밝은 밤, 어디선가 한줄기 바람이 불어와 연못의 물 위에 잔물결 지는 것을 바라보면서 이렇게 아름답고 소중한 것을 자기 주변에 아는 사람이 별로 없음을 안타까워하고 있다.

정약용 같은 분도 인간에게는 열복熱福이 있고 청복淸福이 있다고 말했다. 열복은 글자 뜻 그대로 뜨거운 복, 세상 사람들이 모두 바라는 부귀와 영화이다. 그리고 청복은 일상의 작은 것들 속에서 만족과 기쁨을 찾아내는 것을 말한다. 무라카미 하루키가 말한 소확행, '소소하지만 확실한 행복'도 여기에 준하는 것이다. 열복도 좋지만 나에게 무엇이 청복인가 살피면서 사는 것이 진정한 삶의 지혜가 아닐까.

아침 릴레이

캄차카의 젊은이가
기린 꿈을 꾸고 있을 때
멕시코의 아가씨는
아침 안개 속에서 버스를 기다리고 있다
뉴욕의 소녀가
미소 지으며 잠을 뒤척일 때
로마의 소년은
기둥 끝을 물들이는 아침 햇살에 윙크한다
이 지구에서는
언제나 어딘가에서 아침이 시작되고 있다

우리는 아침을 릴레이 하는 것이다
경도經度에서 경도로
말하자면 교대로 지구를 지킨다
자기 전에 잠깐 귀 기울여보면
어딘가 먼 곳에서 알람시계가 울리고 있다
그것은 당신이 보낸 아침을
누군가가 잘 받았다는 증거인 것이다

다니카와 슌타로

―――――

재미있는 발상, 아이 같은 발상이다. 마치 한 편의 애니메이션 영화를 보는 듯 팔랑팔랑 동적이고 감각적이다. 시인이면서 번역, 각본, 그림책 등 다양한 분야에서 활약하고 있는 시인답다. 번뜩이는 재치가 보인다.

일단은 지구를 하나의 마을로 보았다. 지구의 위도에 따라 해가 뜨고 진다는 것에 착안, 지구의 곳곳에서 사는 사람들이 아침을 맞으며 태양을 배턴 터치한다고 했다. 건강한 상상력. 그렇지 그래. 지구 할아버지도 잠시 웃음 지으시겠다.

서풍의 노래

나를 너의 수금으로 삼아다오, 저 숲과도 같이
나의 잎들이 저 숲의 잎처럼 떨어진들 어떠리!
그대의 힘찬 조화의 격동은

슬프나 감미로운 깊은 가락을
양자로부터 얻으리라, 거센 정령이여!
나의 영혼이 되어다오. 네가 내가 되어다오. 맹렬한 자여!

나의 죽은 사상을 온 우주에 휘몰아다오.
새로운 탄생을 재촉하는 시들은 낙엽처럼
그리고 이 시의 주문에 의하여

마치 꺼지지 않은 화로의
재와 불꽃처럼 인류 사이에 내 말을 흩뿌려다오!
잠자는 대지에 내 입을 통해 전해다오

예언의 나팔수인 오, 바람이여!
겨울이 오면 봄도 멀지 않으리.

퍼시 비시 셸리

처음엔 「서풍부」란 이름으로 시를 읽었다. 그런데 내가 쉬운 표현
으로 「서풍의 노래」로 제목을 고쳤다. 계절이 바뀌면 바람의 방향
이 바뀐다. 아니다. 바람이 계절을 바꾼다. 서풍이 분다는 건 겨울
이 멀지 않았다는 징조.

그런데 그것은 또 멀리 보면 봄이 멀지 않았다는 증거가 되기도 한
다. 이런 것에서 우리는 인생을 배우고 자연을 스승으로 삼는다. 어
리석음에 조용히 손을 모으고 경배를 드린다. 그래, 기다려보자.
언젠가는 좋은 날이 오고야 말 것이다.

희망에는 날개가 있다

희망은 날개가 달린 것
영혼의 가지 끝에 걸터앉아
가사 없는 곡조로 노래를 시작하여
절대로 멈추지 않는다

거친 바람에도 한없이 감미롭게 들린다
거센 폭풍이 휘몰아쳐
작은 새를 어쩌지 못하게 하여도
그만큼 따뜻한 온기를 나누어준다

차디찬 땅에서도 듣는다
낯설기 그지없는 바다에서도
곤경에 빠진다 해도 결코 희망은
나에게 빵 부스러기 하나 청하지 않았다

에밀리 디킨슨

미국 현대시의 최고봉. 56년 생애를 오직 은둔과 독신으로 버틴 여성 시인. 2층 방이 유일한 삶의 공간이었다고 전한다. 생전에는 거의 세상에 알려지지 않았지만 사후에 수많은 작품이 발표되어 수많은 독자들의 사랑을 받았다니 놀랍다.

이러한 시인적 생애가 더욱 시에 감동을 보탠다. '희망에는 날개 있다'. 그렇지. 어떤 골짜기 어둠 속에서도 희망의 빛은 있게 마련. 끝부분 '곤경에 빠진다 해도 결코 희망은/ 나에게 빵 부스러기 하나 청하지 않았다'가 더욱 감동적이다.

산 너머 저쪽

산 너머 언덕 너머 먼 하늘 밑
행복이 있다고 사람들이 말하네.
아, 나도 친구 따라 찾아갔다가
눈물만 머금고 돌아왔다네.
산 너머 언덕 너머 더욱더 멀리
그래도 사람들은 행복이 있다고 말을 한다네.

카를 부세

―――――

아주 어린 시절부터 알고 있던 시다. 행복이 무엇인지도 모르면서
행복을 생각하면서 눈을 감고 읊조리던 문장이다. '산 너머 언덕 너
머 먼 하늘 밑' 그 말은 언제나 우리에게 희망과 꿈과 낭만을 전해
준다. 끝내 허망함을 선사하기도 한다.
하지만, 하지만 말이다. 이러한 허망, 이러한 낭만, 이러한 꿈과 희
망 없이 어찌 무릎 꿇고 싶은 하루하루를 견딜 수 있을까 보냐. 그
래서 우리는 꿈꾸고 기도한다. 거짓의 희망이라도 좋으니 그치지
말고 계속해서 거듭 주십사고!

살아보아야겠다
—「해변의 묘지」일부

바람이 분다… 살아야겠다.
세찬 바람은 내 책을 펼치고 또 덮으며
파도는 부서져 바위에서 솟아오른다!
날아가라, 눈부신 페이지들이여!
부서져라, 파도여ー 뛰노는 물살로 부서져라
삼각의 돛들이 먹이를 쪼고 있는 이 고요한 지붕을.

폴 발레리

———

'바람이 분다… 살아야겠다.' 오직 이 한마디를 중얼거려 본다. 그러하다. '바람이 분다… 방으로 들어가야겠다'가 아니라 '살아야겠다'이다. 인간은 그렇게 평안과 부유 앞에 병이 들고 위기나 환난 앞에 강인해지는 법. 결의를 다진다.

이 말 한마디를 얻기 위해 시인은 길고 긴 수사와 은유를 앞부분에 늘어놓은 것이다. 독자들도 이 말 한마디를 만나기 위해서 거기까지 읽어온 것이다. 그것은 우리네 인생도 마찬가지. 마지막 순간 나는 어떠한 말 한마디를 남길 것인가!

골짜기

목장에서
물망초를 꺾으려다 그만
발이 젖었습니다.

오얏나무 한 그루
자줏빛 눈물 머금고
슬픈 표정으로 서 있습니다.

저만치 암소 한 마리 있고요,
긴 머리칼의 여자아이가
나를 바라봅니다.

고요한 날들, 어리석은 생활.

이반 골

고등학교 다닐 때 김춘수 시인이 번역하고 편집한『세계 명시집』에서 처음 만난 작품이다. 시인의 이름도, 시인의 나라도 모르면서 그냥 느낌이 좋았다. 내 마음이 바로 이 마음이네, 그런 심정이었을 것이다. 실상 좋은 시란 다른 사람의 마음을 대신해 써주고 미리 써주는 글이다.

특히 끝부분, '고요한 날들, 어리석은 생활'이 좋았다. 우리 인생에서 그런 날이 얼마나 될까? 그런 날이 허락되지 않는다 해도 좋다. 그런 날을 꿈꾸고 가슴에 안는 것만으로도 우리는 충분히 그런 날을 살 수 있는 것이니까. 여러 차례 노트에 베끼면서 나의 말투로 고쳐보기도 한 글. 그것은 또 나의 시 공부였다.

밤

아가야, 이제는 잠을 자거라
이제는 석양이 타오르지 않는다
이제는 이슬밖에 더 반짝이는 것이 없구나
나의 얼굴보다 더 하얀 그 이슬이

아가야, 이제는 잠을 자거라
이제는 길도 말이 없단다
이젠 개울밖에 더 웅얼거리지 않는구나
나만 홀로 남아 있단다

평원은 안개로 잠겨 있는데
벌써 파란 한숨은 움츠러들었구나
이제 세상을 쓰다듬는 건
부드러운 평온의 손길이란다

아기는 자장가 소리에 맞추어
잠이 들었다
대지도 요람의 미동에
잠이 들었다

가브리엘라 미스트랄

엄마와 아기. 그리고 밤. 더할 수 없이 잘 어울리는 조합이다. 평화
그 자체, 고요 그 자체. 더하여 성스럽기까지 한. 고달프고 까탈맞
은 인생살이에 이런 아름다운 풍경마저 허락되지 않는다면 우리
는 대체 무엇을 믿고 바라고 살 것인가.

이미 나이 들어 어른이고 늙은이기도 한 우리들이긴 하지만 한 시
절엔 우리 자신도. 그런 엄마의 무릎 아래 자장가를 들으며 잠이
들던 아기이기도 했다는 사실. 이러한 사실은 우리의 마음을 한없
이 평화롭게 부드럽게 한다. 우리 자신을 어린이이게 한다.

용기

신선한 공기
빛나는 태양
맑은 물, 그리고
친구들의 사랑
이것만 있다면 낙심하지 마라.

요한 볼프강 폰 괴테

용기, 그야말로 용기다. 살다가 힘이 빠졌거나 지쳤을 때 필요한 용기. 두렵거나 하기 싫은 일을 해야만 할 때 그 일에 몸과 마음을 과감히 던지는 굳센 마음. 대체로 나는 그런 걸 용기라고 본다. 어쩌면 그건 정면 돌파의 자세와도 통한다.

시인은 말한다. 용기의 조건이 큰 것이 아니고 자잘한 것이라고. 그것이 또 멀리 있는 것이 아니고 우리들 곁에 있는 것들이라고. 누구든 한 번뿐인 인생, 지구에서의 날들, 용기를 내어서 살아볼 일이다. 지금도 누군가 우리를 지켜보고 있다.

지금은 좋은 때

지금은 좋은 때, 불이 켜질 때.
모든 것들이 이렇게 조용하고 평화로운 저녁,
새의 깃털 떨어지는 소리까지도 들릴 것 같은 이 고요함.

지금은 좋은 때, 가만가만히,
사랑하는 사람이 찾아오는 바로 그런 때,
부는 바람처럼 연기처럼
조용조용 천천히.

사랑은 처음엔 아무 말도 하지 않는다.
─그런데도 나는 듣는다.
그 영혼을, 나는 알고 있다.
별안간 빛이 솟아나는 것을 보고
그 눈에 살그머니 입을 맞춘다.

지금은 좋은 때, 불이 켜질 때.
고백告白이,
하루 종일 혼자서만 망설이고 있었노라고,
깊고도 깊은, 그러나 투명한 마음의 밑바닥에서

떠오를 때.

그리하여 서로 평범한 이야기를 주고받는다.
뜰에서 딴 과일에 대하여,
이끼 속에 피어 있는 꽃에 대하여,
또 낡은 서랍 속에서 뜻밖에 찾아낸
옛날의 편지에 대해서.

지금은 모두 사라져버린 사랑의 추억에
마음은 순식간에 꽃을 피우며 감동에 몸을 떤다.

에밀 베르하렌

와, 좋다. 그냥 좋다. 언제나 지금이 좋은 때라지 않는가. 이보다 더 확실하고 좋은 축복이 어디 있겠는가. 평범의 아름다움과 소중함을 찾은 사람의 속삭임이 들린다. 인생도 하나의 발견. 이미 내 곁에 있는 것을 찾아내고 내 안에 있는 소리를 듣는 것.

이런 글이야말로 영성이 살아 있는 글이다. 이런 글을 읽으면서 우리도 내 안의 영성을 불러내야 할 일이다. '지금은 좋은 때', 그렇게 한번 소리 내어 말해보자. 그러면 이내 지금이 좋은 때가 되지 않을까. 우리의 언어에는 마력이 있다. 영력이 있다. 그 길을 다소곳이 따라가 보자.

• 이 책에 실린 시 가운데 부득이하게 허락을 받지 못하고 수록한 작품에 대해서는 추후 확인되는 대로 적법한 절차를 진행하겠습니다.